빠그녕

빠_그_녕

류현재 장편소설

marmmo fiction

마름모

차례

프 롤 로 그

소가 꼬리를 올리면 송아지가 태어난다.

외양간 앞에서 소를 지켜보고 있다가 소꼬리가 올라가면 밭에 있는 아빠에게 알려주는 게 그날의 내 임무였다.

하루 종일 소의 엉덩이만 바라보고 있으면 엄청 지루할 것 같지만 전혀 그렇지 않았다. 뱃속에 송아지를 품고 있는 소의 엉덩이는 우주처럼 컸고, 소가 외양간을 빙글빙글 돌아 나의 우주도 가만히 멈춰 있지 않았다. 새까만 파리들이 어미소의 두 다리 사이로 축 늘어진 유방을 연달아 공격했다. 그 방 안에 송아지의 우유가 가득 들어 있다고 해 나는 막대기를 들고 파리들을 쫓았다.

희숙이가 자기 집에서 인형놀이를 하자고 했지만 거절했다.

"집 밖에 나가면 안 돼. 우리 집 송아지가 태어나는 날이니까."

"송아지라고 하지 마."

"응?"

"송가네 애들이 송충이를 뭐라 그러는지 알아? 송아지는 송아지라고 그러면서 송충이는 백충이라고 한다고. 그러니까 우리는 반대로 송충이는 송충이라고 부르고 송아지는 백아지라 해야 돼."

"백아지? 너무 이상한데?"

"그럼 백충이는 안 이상해?"

"그래도 송충이는 자주 볼 일 없지만, 송아지는 매일 보는데?"

"송아지가 아니라 백아지라니까!"

희숙이와 싸우고 싶지 않았다. 희숙이가 나보다 힘이 세고 키도 커서 그런 게 아니라, 일곱이나 되는 송가네 아이들과 달리 우리 또래 백가네 아이는 희숙이와 나 달랑 둘뿐이었기 때문이다. 하지만 그렇다고 우리 집 송아지를 백아지라고 부를 생각도 없었다. 사실 난 그때 새로 태어날 송아지의 이름을 미리 지어둔 상태였다. 암송아지면 안네, 수송아지면 프랑크.

책을 안 좋아하는 희숙이는 내가 지은 이름에 관심을

보이지 않고 공깃돌을 꺼내 들었다. 가위바위보로 순서도 정하지 않았는데 제가 먼저 공깃돌을 던졌다.

"너도 지나가다가 송가네 배밭에 둥글고 시커먼 것들이 나뒹구는 거 봤지?"

"응. 썩은 배들이잖아."

"아냐. 사람 해골이야. 우리 아빠가 지난겨울에 직접 눈으로 봤대."

"정말?"

"그래. 이렇게 크고 하해서 처음엔 언 배인 줄 알았는데 자세히 보니까 눈구멍 두 개가 이렇게 뻥!"

손톱에 까맣게 때가 낀 희숙이의 손가락이 내 눈을 찌를 것처럼 다가와 나는 깔고 앉아 있던 삼태기에서 떨어졌다. 희숙이가 냉큼 그 삼태기를 차지하고 앉았다.

"그런데 왜 지소(경찰지소)에 신고 안 했대?"

"거기도 다 송가네 사람들이라 신고하나 마나래. 그리고 아주 옛날부터 송가네가 사람을 죽여 그 배밭에 파묻는다는 거 모르는 사람이 없대. 나 꺾기 할 차례지?"

희숙이가 냇가에서 주워 온 공깃돌은 희숙이의 손에 착 달라붙은 채 좀처럼 떨어지지 않았다. 희숙이는 죽지도 않고 열세 살이나 먹었고, 공깃돌이 멀리 떨어져 어려워 보이는 두 알 잡기도 기가 막히게 성공했다. 그때 네 알 잡기를 하기 위해 희숙이가 높이 던진 공깃돌 너머로 소꼬리가 보였다. 엉덩이에 착 달라붙어 있던 소꼬리가 쇠막대처럼 딱딱해지며 점점 위로 들리더니 귀신이 뒤에서 당기는 것처럼 쫙 펼쳐져 엉덩이와 수평이 되었다.

평소라면 동네 한가운데를 차지하고 있는 배밭을 옆으로 돌아 아빠가 있는 밭에 갔겠지만 그날은 마음이 급해 배밭을 가로질렀다. 하얀 배꽃들이 사방에 가득해 눈이 부셨다. 줄지어 늘어선 배나무 사이로 내가 지나갈 때마다 눈송이 같은 배꽃들이 흩날렸다. 뿌린 지 얼마 안 되는 검은 두엄 속으로 발이 푹푹 빠졌다. 나무에 매달려 있다 떨어져 썩은 늦배들은 밟히면 물컹했다. 썩었는데도 달큰한 향내가 신발에 묻어 따라왔다. 희숙이가 말했던 해골은 보이지 않았다. 희숙이는 원래 그런 얘기를 잘 지어냈다. 늦가을 팔 만한 배를 다 팔고 면장네가 동네 사람들에게 남은 배를 따 가라고 할 때면 이 배밭에서 배를 가장 많이 가지고 가는 사람도 희숙이네 식구들이었다. 정말 죽은 사람들이 이곳에 묻혀 있다면 그 시체를 먹고 자란 배를 그리 맛있게 먹지는 못할 거라 생각했다.

바람이 불지도 않는데 하얀 배꽃이 우수수 떨어졌다.

그것도 한 나무에서만. 나는 방향을 바꿔 그곳으로 가다가 딱딱한 무언가를 밟고 멈춰 섰다. 발을 들고 보니 툭 잘려 있는 팔뚝에 크고 하얀 손가락이 달려 있었다. 비명을 지르며 도망치다가 나는 길을 잃었다. 이리 가도 저리 가도 온통 하얀 배꽃들 사이에서 나는 정신을 잃었다.

1

할마와 프랑크

내가 남들과 다르다는 걸 알게 된 건 네 살 때였다. 세상에 태어나 내 눈으로 바라보았던 모든 것들이 사진을 찍어놓은 것처럼, 엄마가 시간 순서대로 정리해놓은 앨범처럼 내 머릿속에 저장돼 있었다.

가장 첫 장면에 등장하는 사람은 할마였다. 눈썹도 하얗고 머리도 하얀 할마가 엄마 몸속에서 갓 빠져나온 내 탯줄에 명주실을 돌돌 감으며 중얼거렸다.

"애기 얼굴이 장군 같아서 처음엔 내가 틀린 줄 알았네. 산모 배가 달처럼 둥실하게 불렀던 걸 기억하는데 어째 아들일까 했더만 요래 본께 딸이 맞지 뭐여."

그 말 사이사이로 딱딱 소리가 끼어들었다. 그래서 나는 원래 사람들이 말을 할 때는 다 그런 소리가 나는 줄 알았는데 아니었다.

"너무 힘들어서 다시는 애 안 낳을래요."

엄마가 누워서 우는소리를 했다. 이 세상에 태어난 첫 딸에게 처음 건네는 인사가 그런 말이라는 게 좀 실망스럽기도 했지만, 할마가 말할 때처럼 딱딱 맞춰주는 장단이 없어 좀 심심하고 재미없게 들렸다. 그때 나를 씻기던 할마가 큰 소리로 웃음을 터뜨렸고, 그 입에서 무언가가 쑥 빠져 내 배로 툭 떨어졌다. 나는 할마의 입에서 났던 그 장단의 정체가 무엇인지를 알았다. 그건 헐거워진 할마의 위아래 틀니들이 말을 할 때마다 부딪쳐 나는 소리였다.

"너처럼 말해놓고 다섯, 여섯씩 낳드라."

틀니가 빠져 갑자기 얼굴이 반으로 쪼그라든 할마가 오물거렸다. 나도 이빨이 없는 처지라 그런지 그 모습이 귀여웠다. 할마가 다시 끼우려고 집어 든 틀니도 무척 탐이 났다. 나도 틀니를 달라 말하고 싶었지만 아직 말을 못하는 때였기에 내가 할 수 있는 방법인 울음으로 힘차게 내 의사를 전달했다.

"내 틀니를 달라고?"

할마는 귀신같이 내 뜻을 알아들었다. 그런데 밖에 있던 아빠가 문을 열고 방해를 했다.

"벌써 낳았어? 소고기 사러 정육점 갔더니 사람들이

첫애는 오래 걸린다고 서두를 것 없다고 해 아직 안 나왔을 줄 알았더니."

앞머리와 수염에 하얀 고드름을 달고 있는 아빠의 첫인상은 나름 강렬했다. 할마처럼 말할 때마다 딱딱 재미난 소리는 나지 않았지만 숨을 헐떡거릴 때마다 목울대가 툭 튀어나오는 게 흥미로웠다.

"애 낳기 전에 미역국 끓이고 준비 다 해놔야지 그걸 이제사 해? 옛다. 지 애비보다 열 배는 바지런한 니 딸이다."

'니 딸'이라는 말을 듣는 순간, 아빠의 얼굴에 어렸던 실망감과 축 처지던 입꼬리까지 정확히 그릴 수 있는데, 엄마 아빠는 내가 그 이야기를 할 때마다 언제나 아니라고 잡아뗀다.

아빠는 소고기를 사러 읍에 갔다 온 건 그 전날이고 내가 태어나는 걸 직접 보고 탯줄까지 자기가 잘랐다 우기고, 엄마는 그때 소고기 같은 건 먹어보지도 못했다고 한술 더 뜬다. 내가 태어난 후 일주일 동안 하루에 다섯 번씩이나 소고기미역국을 한 사발 들이켜는 걸 다 봤는데 말이다.

사람들이 나처럼 모든 걸 기억하지는 못한다는 건 알지만 이건 좀 심하지 않나? 게다가 갓 태어난 애가 그런 걸 어떻게 기억하냐고, 말도 안 되는 소리 하지 말라고 오히려 나를 거짓말쟁이 취급하니 정말 어이가 없다. 그 자리에 있었던 할마가 내 말이 맞다 증언을 해주면 좋으련만, 할마는 세상일에 무심하고 심드렁하다.

"늙은이가 말해봤자여."

내 말은 너무 어려서 못 믿고, 할마는 또 나이가 너무 많아 안 믿어준다고? 쳇, 웃기는 세상이다.

"속상해하지 말어. 너는 이 할미가 알아주고, 이 할미는 니가 알아주고 그럼 되지. 세상 사는 데 많은 사람 필요 없다. 날 믿어주는 딱 한 사람만 있으믄 되는 겨."

잠꼬대처럼 중얼거리는 할마의 말이 조금은 위로가 된다. 이 세상에 딱 한 사람만 친구로 골라야 한다면 나는 정말 할마를 선택했을 것이다. 사실 오래전부터 우리 집에서 가장 나이 많은 할마와 가장 어린 나는 제일 친하게 지냈다. 엄마 아빠가 들로 일하러 나가면 집 안에 남는 사람도 할마와 나 둘뿐이었고, 농사일에 지친 부모가 초저녁부터 잠이 들면 슬렁슬렁 마실을 다니는 사람도 우리 둘이었다.

할마는 우리 동네에서 가장 나이가 많은 왕할머니라 우리가 나가면, 회관 앞 바람이 잘 통하는 길목에 멍석을 깔고 누운 할머니들이 가장 좋은 자리를 내주었다. 아랫마을 윗마을, 송가네 백가네 구분도 없이 한 멍석에 누운 할머니들은 혹처럼 할마에게 붙어 다니는 나를 기특해하며 밤참으로 싸가지고 나온 옥수수나 수박을 내밀었다.

"우리 집 손자들은 지 에미한테만 붙어 있지 나한테는 잘 안 오는디 은영이는 어째 그렇게 할마를 좋아하냐?"

"지 동생 볼라 그러지."

나는 그때 할마가 무슨 말을 하는지 이해하지 못했다. 왜 할마의 말에 다른 할머니들이 낄낄거리며 한마디씩 하는지도.

"젊은것들은 좋겠다."

"애를 여덟이나 낳고도 아직도 아수워서 그랴?"

"호호호, 아숩지 그럼. 우리 서방이 살아 있으믄 지금이라도……"

"징그러운 얘기 집어쳐라. 어린애 앞에 두고 무신."

"괜찮어. 우리 은영이는 보통 어린애가 아닌께. 그치?"

세상에 태어난 지 918일째 되는 날이었다. 멍석의 할머니들은 우리 할마의 말 때문이었는지 날 어린애 취급하지 않았고 나는 할머니들과 똑같이 한자리를 차지하고 누워 별을 바라봤다.

한여름밤의 별들은 아빠가 닭장 속에 뿌려주는 모이처럼 하늘 가득 작게 흩뿌려져 있었다. 멧비둘기는 가끔씩 구국꾹꾸 울어댔지만 쓰읍쓰읍, 찌르찌르륵, 쪼종종종, 삐삐삐삐, 풀벌레 소리는 그칠 새가 없었다. 그 장단에 맞춰 할머니들은 옛 시절의 일들을 조곤조곤 풀어냈다. 그 이야기들의 주인공은 내가 아는 우리 동네 사람들이라 더 흥미로웠는데, 정신을 똑바로 차리고 듣지 않으면 중간중간 끼어드는 다른 할머니들의 말 때문에 갑자기 확 다른 내용으로 바뀌어 따라가기가 힘들었다. 한참 이야기가 진행되고 도대체 무슨 일이 벌어질까 숨죽이고 있더라도 동네 어디선가 우당탕탕 싸우는 소리가 끼어들면, 하던 이야기는 사라지고 싸움이 벌어진 집안으로 할머니들의 관심은 불쑥 옮겨 가 새로운 사연이 펼쳐졌다.

계속 다른 노래가 흘러나오는 라디오처럼, 언제 어떻게 흐를지 모르는 이야기 멍석에 난 홀딱 빠졌다. 끝까지 듣지 못한 이야기의 뒷부분이 궁금해 애가 달았다. 하나둘 할머니들이 각자의 집으로 돌아가 멍석에 빈자리가 많아질 때도 나는 잘린 지렁이처럼 반토막 난 이야기의 다른 토막을 상상하며 멍석 위를 꿈틀거렸다. 그러다 잠이 들면 꿈속인지 현실인지 알 수 없는 곳에서 할마의 목소리가 들려왔다.

"저게 북두칠성, 우리 칠성님이여. 내가 너 태어나기 전에 훌륭한 자손을 주십사 치성을 드렸더니 이렇게 신통방통

한 널 보내주셨지. 항상 우리 칠성님이 널 지켜주시고, 니가 원하는 것도 다 들어주실 겨."

북두칠성을 볼 때마다 소원을 비는 습관은 그때부터 생겼다. 내가 처음 칠성님한테 빌었던 소원은 하루 종일 흙에서 뒹굴다 밥을 한 양푼씩 먹는 시골 농부의 자식이 아니라 화려한 옷을 입고 무도회에서 춤을 추고 우아하게 빵을 먹는 백작 부부의 딸로 다시 태어나게 해달라는 것이었다.

아무리 칠성님이라도 그건 너무 무리한 소원인 것 같아, 며칠 후에는 조금 욕심을 덜어내고 다시 소원을 빌었다. 판잣집에서 살아도 좋으니 서울특별시에서 살게 해달라고. 서울 그 자체에 대한 환상보다 특별시라는 단어에 끌려서였다. 나는 특별한 재능을 타고난 특별한 존재라는 자부심이 있었으니까. 그 특별함을 사람들은 천재라 한다는 것도 알고 있었다. 문제는 그 천재성을 드러낼 것인가, 그냥 감추고 살 것인가에 대한 갈등이었다.

우리 아빠가 모차르트의 아빠였더라면, 우리 엄마가 맹자의 엄마였더라면 나도 다른 선택을 했을지도 모른다. 어쩌면 내가 모차르트나 맹자보다 철이 더 일찍 들어 나의 재능보다 내 부모의 형편을 우선적으로 고려했다는 게 그들과의 차이점인지도 모른다. 우리 부모는 특별시하고는 아주거리가 먼 충청도의 산골에 사는 가난한 농사꾼이었고, 나는 그들의 첫째 딸이었다.

오랜 고민 끝에 나는 내 천재성을 드러내지 않고 평범하게 살기로 결심했고 특별시도 포기했다. 그리고 칠성님에게도 아주 소박한 소원을 빌었다. 어디에서 살든 상관없으니 우리 부모의 머리를 조금만 좋게 해달라고. 내게 주신 기억력의 반, 아니 딱 반의반만큼만 우리 부모에게 나눠주시라고.

물건을 어디다 뒀는지 몰라 만날 찾다가 싸우고, 옷에 단추가 떨어졌다고 몇 번을 말했는데 달아놓지 않았다고, 그런 말 들은 적 없다고 싸우는 부모를 볼 때마다 나는 참 안타까웠다. 그럴 때마다 중간에 끼어들어 그들 대신 물건을 찾아주고, 누가 잘못을 했는지 시시비비를 가려주었지만, 내게 돌아오는 건 고맙다는 인사가 아니라 쪼끄만 게 어른 일에 왜 끼어드냐는 구박뿐이었다. 그런 일을 몇 번 당하고 나니까 나도 도와주고 싶지 않았다. 왜 할마가 귀머거리인 척하는지, 왜 세상일에 신경을 끊고 사는지 이해할 수 있었다.

매일 밤, 북두칠성을 볼 때마다 빌었건만 내 소원들은

통 이뤄질 기미가 보이지 않았다. 날이 갈수록 엄마 아빠의 기억력은 더 나빠졌고, 부부싸움은 더 늘어나고 빚도 더 많아졌다. 아빠는 운이 안 좋아 자기가 마늘을 심으면 마늘 값이 폭락하고, 배추를 심으면 배추 파동이 일어난다고 푸념했지만 난 아빠의 말에 순순히 동조할 수 없다. 아빠가 마늘을 심을 때 난 분명히 경고했었다. 지난해에 마늘이 비싸 사람들이 올해 많이 심을 테니 값이 안 좋을 거라고. 지지난해에도 그랬었다고. 그땐 어리다고 내 말을 무시해놓고 인제 와서는 내가 그런 말을 했다는 것조차 인정하지 않으니 참 답답하다.

엄마는 더 무대책이다. 나를 낳자마자 다시는 아이를 안 낳겠다 선언했으면서, 그 후 2년도 안 돼 또 아이를 낳았고, 작년에는 셋째까지 낳았다. 등골 빠지게 농사지어봤자 애 하나 키우기도 힘들다는 말을 입에 달고 살면서 밤이면 그걸 또 깨끗이 잊어버리는 모양이다.

이러니 내가 부모를 신뢰할 수 있나? 쳇, 그런데도 사람들은 만날 부모님 말씀 잘 들으란 소리를 하니 어른들은 참 따분한 존재들이다. 할마만 빼고.

아직 칠성님이 내 소원은 들어주지 않았지만, 난 할마를 믿고 존경한다. 딱딱 장단을 맞춰주는 틀니 소리도 사랑

하는데, 할마가 말을 할 때뿐만 아니라 무언가를 먹을 때도 그 소리가 나 나를 홀린다. 할마는 익힌 음식은 먹지 않는 다. 밥 대신 생쌀을 먹고, 생무, 생고구마, 생배추 같은 것만 먹는다. 그래야 죽지 않고 계속 살 수 있다고 했다. 그게 바로 신선이라고.

나는 생쌀보단 따끈한 밥이 좋고 생고구마보다는 군고 구마가 좋아 신선이 되기를 바라지 않지만 이렇게 시시한 세상에서 영원히 살고 싶은 마음도 없다.

"할마, 그럼 우리 프랑크도 신선이 될 수 있겠네. 만날 풀만 먹으니까."

"그전에 사람들한테만 안 잡아먹히믄."

그 말을 듣고 나서부터 나는 소고기를 먹지 않았다. 지난봄에 태어나 이제 297일째인 프랑크는 할마 다음으로 내가 좋아하는 친구니까.

나는 내가 태어나던 날만큼이나 프랑크가 태어나던 날을 자주 떠올린다. 그날은 내가 태어난 지 2163일째 되는 날이었고, 배꽃이 활짝 피어 있던 4월 23일이었다. 아빠는 엄마와 같이 밭에 가며 오늘 송아지가 태어날 것 같으니 잘 보고 있으라고 했다. 나는 창고에 있던 삼태기를 가져다 외양간 앞에 엎어놓고 그 위에 앉아 배가 불룩한 어미소를 지켜보았다.

소의 두 다리 사이로 보이는 유방은 축구공보다 더 크고 여러 개의 젖꼭지가 있어 소꼬리보다 더 눈이 갔다. 그때 몇 마리의 파리가 어떤 자리에 붙어 있었는지, 나중에 놀러 온 희숙이가 공기놀이를 하면서 무슨 얘기를 했는지, 희숙이가 던진 공깃돌이 어떤 모양으로 바닥에 떨어졌는지 눈에 훤하다. 그런데 이상한 건, 귀신이 잡아당기기라도 하는 것처럼 소꼬리가 위로 올라가 팽팽하게 펼쳐지고, 밭에 있는 아빠를 찾아 배밭에 들어가고 나서부터의 장면이다. 앨범 중간에 있는 사진을 누군가 빼버린 것처럼, 하얀 배꽃들 사이에서 하얀 손가락을 보고 도망쳤던 일 다음이 공백으로 남아 있다.

배밭에서 나온 기억도 없는데 다시 외양간 앞이고, 프랑크의 다리 두 개가 소의 엉덩이에서 비어져 나왔다. 처음엔 바깥으로 삐죽 튀어나온 검은 것이 송아지의 발인 줄 알지 못했다. 아빠한테 송아지의 앞다리라는 이야기를 듣고서는 머리부터 나오지 않고 만세를 부르며 태어나다니, 대단한 송아지라고 좋아했는데 아빠는 모든 송아지가 그렇게 태어난다고 했다.

"왜?"

"송아지니께."

"피. 그게 아니고 나오는 구멍이 좁아서 그런 거야. 나도 좁은 통에 들어가고 나올 땐 애처럼 두 손을 위로 쫙 펼쳐."

내 말은 듣는 둥 마는 둥 아빠는 어미소에게 소리쳤다.

"엉덩이에 더 힘을 줘야지. 그래 인마. 으쌰으쌰."

그러고도 몇 번이나 더 아빠가 '으쌰으쌰'를 하고 나서야 송아지의 머리가 힘겹게 우주를 빠져나왔다. 나는 내가 태어나던 날 처음 보았던 할마처럼 프랑크의 첫 사람이 되고 싶어 아직 몸의 반은 어미의 몸속에 있는 프랑크에게 인사를 건넸다.

"프랑크. 안녕. 우리 집에 온 걸 환영해."

안네일 수도 있는데 왜 프랑크라고 불렀느냐고? 솔직히 혹시 모를 상황에 대비해 안네라는 암송아지의 이름을 준비해놨지만 나는 분명히 수송아지가 태어날 거라고 확신하고 있었다. 암송아지가 수송아지보다 더 비싸 아빠가 암송아지가 태어나길 바라니 수송아지가 나오는 게 아빠의 팔자와 운명에 맞는다.

역시 뒷다리까지 바닥으로 떨어진 송아지를 수건으로 닦아주는 아빠의 입에서 탄식이 터져나왔다.

"제길, 숫놈이네."

나는 우리 프랑크가 그 말을 못 듣게 얼른 프랑크의 두 귀를 막아주었다. 태어나자마자 딸이라고 실망하던 아빠한테 상처를 받아봐서 우리 프랑크까지 그런 아픔을 겪게 하고 싶지 않았다.

　프랑크의 엄마는 누렁이지만 프랑크는 아주 노란색이 아니다. 하얀색보다는 진한데, 친엄마보다 내 피부랑 더 비슷한 색깔이다. 그래서 그런지 프랑크도 제 엄마보다 날 더 좋아하는 것 같다. 사실 나도 우리 엄마보다 프랑크가 더 좋다. 두 배, 아니 스무 배 더.
　며칠 전에는 엄마가 내 생일이라고 소고기미역국을 끓였다. 아침에 눈을 뜨고 부엌에 가자마자 나는 그 사실을 알고 분기탱천했다.
　"내가 소고기 안 먹는다고 했잖아! 도대체 몇 번이나 말해!"
　"넌 먹기 싫으면 먹지 마. 우리가 먹으면 되니까."
　엄마가 얄밉게 말하는 바람에 나는 소고기미역국이 들어 있는 솥에다 아궁이 속에서 타고 있던 나무와 재를 집어넣었다. 장독대에서 간장을 퍼가지고 오던 엄마가 그걸 보자마자 부지깽이를 집어 들고 나를 난타했다.

"이게 미쳤나, 이 아까운 소고깃국을…… 누가 너 먹으래? 처먹기 싫으면 안 먹으면 되지 왜 재를 뿌려! 이거 다 어쩔 거여!"

"오늘은 내 생일이잖아. 그런데 왜! 왜 내가 싫다는데 왜……"

그렇게 소고기를 안 먹겠다고 수없이 얘기했는데도 그걸 잊어버리고, 그것도 하필 내 생일에 기분을 망쳐버린 엄마를 난 저주하고 증오했다.

"엄마는 돌대가리야."

무슨 일이 벌어진 지 모르고 잠만 자고 있던 아빠가 그 말에 방에서 튀어나왔다.

"은영이 너, 엄마한테 그게 무슨 말버릇이여? 아무리 화가 나도 다른 사람의 약점을 그렇게 공격하면 안 되지."

"뭐?"

또 부부싸움이 시작됐다.

"콩 심으러 간 인간이 콩도 안 가지고 올라와놓고 누구보고 머리가 나쁘대?"

"고추밭에 소독했다고 했는데 고추를 따 와가지고 온 식구 몰살시킬 뻔한 사람이 누군데?"

"학교 다닐 때도 만날 꼴등만 했으면서!"

"난 공부를 안 해 그런 거지만 당신은 만날 열심히 공부했는데도 바로 내 위였잖아. 그러니까 당신이 더 돌……"

"돌대가리라는 말 다시는 안 하겠다고 해놓고 또 했으니까 당신이 더 돌대가리야! 땅땅땅!"

두 사람의 유치한 싸움을 보면서 한 가지는 확실하게 알았다. 나는 엄마 아빠를 닮지 않은 돌대가리, 아니 돌연변이라는 거.

그렇게 한참을 싸워대다 엄마는 밥이고 나발이고 모른다고 이불을 뒤집어쓰고 누워버렸고, 아빠는 너 때문에 벌어진 일이니까 네가 알아서 동생들 밥 챙겨주라며 밖으로 휭하니 나가버렸다.

최악의 생일이었다. 눈치 없는 동생들은 배고프다고 울어대고, 할마는 벌써 신선이 돼 하늘로 날아갔는지 보이지 않았다. 나는 간장과 참기름에 밥을 비며 준수 앞에 놓아주고 앵앵거리는 막내의 입엔 준수의 손가락을 물려주고 프랑크에게로 갔다.

엄마한테 언어맞아 벌겋게 부어오른 내 팔과 종아리를 프랑크가 핥아주었다. 솔직히 그 느낌은 그렇게 좋거나 부드럽지 않았다. 물에 갠 찰흙처럼 축축하고 무거운 촉감이 프랑크의 혀가 닿았던 곳마다 남아 오랫동안 사라지지 않았다. 그래도 열이 날 때 할마가 내 이마 위에 놓아주던 물수건처럼 프랑크의 두툼한 혓바닥이 내 아픔을 가시게 했다.

나는 프랑크의 크고 예쁜 눈을 바라보며 약속했다.

"이놈의 지긋지긋한 집구석, 당장 나가고 싶지만 프랑크 너 때문에 참는 거야. 걱정 마. 네가 신선이 될 때까지는 기다려줄 테니까."

프랑크가 내 머리에 자기 머리를 비벼대며 파이팅을 외쳤다. 나도 프랑크의 머리에 내 머리를 비벼댔다. 한참을 그렇게 하고 있으니 기분이 좋아져 웃음이 나왔다. 그게 엄마를 이불 밖으로 불러냈고, 날 괴롭힐 새로운 작전을 세우게 했다는 건 나중에야 알았다.

엄마는 하루 종일 '은영아'를 입에 달고 살면서 습관적으로 심부름을 시켰다. 준수 코 닦아줘라, 혜영이 기저귀 갈아줘라. 나도 아직 어린앤데 왜 나한테 그런 일을 시키는지 나는 정말 용납할 수 없었다.

"네가 언니고 누나잖아!"

"내가 언제 언니 하고 싶댔어? 누가 누나 하고 싶다고 했냐고!"

"미운 일곱 살이라더니 아주 미운 짓만 해대네. 너 그렇게 말 안 들으면 네가 좋아하는 송아지 팔아버릴 거야."

헉.

그 후, 나는 고분고분 엄마가 시키는 대로 했지만, 마음속으로는 복수의 칼을 갈았다. 엄마가 정말 프랑크를 팔아버리면 나도 엄마가 좋아하는 동생들을 팔아버릴 작정이었다. 그게 준수인지 혜영이인지는 고민이 됐다. 유일한 아들이라고 준수를 더 좋아하는 것 같은데, 어떨 때 보면 막내인 혜영이를 더 귀여워하는 것 같아서다. 에잇, 둘 중 하나를 고르기 힘들면 그냥 둘 다 팔아버리지 뭐.

그래도 아빠와는 그럭저럭 사이가 좋은 편이었는데 오늘 일로 관계가 틀어졌다. 사실 내가 남들과 다르다는 걸 깨달은 네 살 때부터 아빠한테 쌓인 게 좀 많긴 했다. 가난한 농사꾼의 자식으로 태어나지 않았다면 나도 다른 천재들처럼 유명해졌을 텐데 이런 시골에서 동생들 뒤치다꺼리나 하고 있으니 원망이 쌓이는 건 당연한 거 아닌가. 내가 더 참을 수 없는 건 자기 자식을 몰라도 너무 모르는 그 무지와 무관심이다. 오늘 일도 그렇다. 나에 대해서 눈곱만큼만 안다면, 손톱만큼만 관심이 있었다면 절대 생길 수도, 오해할 수도 없는 일이다.

아빠한테 날아온 전기세 고지서에 내가 '빼그넝'이라

고 낙서한 것을 아빠가 발견한 게 사건의 발단이다. 아빠는 학교 갈 날이 얼마 남지도 않은 애가 자기 이름도 못 쓴다고 탄식을 하며 엄마의 눈치를 살폈다. 또 부부싸움을 하고 싶어 몸이 근질근질한데 배가 고프니 참고 나를 공격하기로 마음을 정하는 기미가 역력했다.

"백은영은 제 이름도 못 쓰는 바보래요."

서른 살도 훨씬 넘은 어른이 그렇게 유치한 방식으로 나를 놀릴 줄이야. 그 어른이 내 아빠라는 게 소름 돋았다.

내가 한글을 깨친 건 3년 전, 그러니까 내가 남들과 다르다는 걸 깨달은 직후, 생후 1111일이 되는 날이다. 여름이 아니라 동네 할머니들의 이야기도 들을 수 없어 하루하루가 심심해 죽을 지경이었는데, 옆에서 숙제를 하고 있는 희숙이네 언니의 책을 뒤적거리다보니까 글씨가 눈에 들어왔다. 그 글씨 속에 이야기가 숨어 있었다. 나는 숨바꼭질놀이를 하듯 그 글씨 속에 숨어 있는 이야기들을 찾기 위해 초등학교 4학년인 희숙이네 넷째 언니의 국어책을 다 읽고, 도덕책, 사회책까지 읽었다. 산수책은 좀 재미가 없었다. 영희와 철수는 왜 그렇게 누가 누구한테 연필을 몇 개 주었는지 따지고, 만날 소금물만 가지고 노는지. 그보다는 중학생인 희숙이네 셋째 언니의 교과서가 나아 보였다. 글씨가 훨

썬 작고 의미를 이해할 수 없는 단어들도 있었지만 그래도 읽을 만했다. 역시 국어가 제일 재밌고, 가정, 과학도 나름 흥미로웠다. 영어는 그야말로 신세계였다. 이렇게 희한한 글씨도 있다니! 그런데 그 글씨 속에 숨어 있는 이야기가 너무 유치하고 단순했다. 미국 애들은 만날 '안녕, 잘 지내니, 나도 잘 지내' 그런 인사만 한다.

희숙이네 언니가 다섯이나 되고, 그 언니들이 다 학교를 다니는 덕분에 나는 희숙이네 집에 붙어살았다. 희숙이가 자기랑 안 놀고 책만 본다고 삐칠 때가 많았지만 나한테 대신 숙제를 시킬 수 있어 희숙이네 언니들은 내 편을 들어 주었다. 나는 그 언니들이 방학하는 날만을 손꼽아 기다렸다. 그날은 다음 학기의 새 교과서를 받아 오기 때문이다. 방학이 채 끝나기도 전에 나는 초중고의 교과서를 다 보고, 언니들이 개학을 해 학교에 가면 다른 이야기를 찾아 온 동네를 헤매다녔다. 그러다 교과서보다 더 재미있는 책들이 있다는 걸 알게 되었다. 수십 권의 동화책들이 몇 세트씩 책장에 꽂혀 있는 향자네 집은 윗마을에 있고, 우리 백가네 아이들이 증오하는 송가네였지만 나는 상관하지 않았다. 그 때문에 희숙이한테 배신자라는 소리까지 들었지만 그 재밌는 이야기들의 유혹을 뿌리칠 수가 없었다.

향자네 집에서 안데르센 동화집을 다 읽고 위인전 세트, 주니어용 세계명작 36선까지 모두 두 번씩 읽었다. 한 번씩 더 읽을 수도 있었는데, 희숙이 때문에 골이 난 향자가 나한테까지 자기 집에 오지 말라고 했다. 그래도 희숙이네 언니들의 방학식이 얼마 안 남아 덜 속상했다.

그렇게 초중고 전 과정을 3년도 안 돼 다 끝낸 나를 자기 이름도 못 쓰는 바보 취급하다니. 내가 내 이름 '백은영'을 '빼그녕'으로 쓴 건, 천재성을 드러내지 않기로 했지만 평범하게 살 수 없는 자의 고뇌와 비애, 혹은 내가 가지 않은 길에 대한 미련 때문이라고 할 수 있다. 더 단순하게 말하면 내 이름 '백은영'은 너무 흔하고 평범해서 마음에 안 든다는 말이다.

그런데 초등학교 졸업이 학력의 전부인 우리 엄마와 아빠는 내 말을 이해하지 못한다. 나보고 자기 이름도 못 쓰는 '돌대가리'라고 욕하다가 또 누굴 닮아 그런 건지 한바탕 설전을 벌인다. 그 내용마저 지난번 부부싸움과 똑같아 나는 정말 신물이 난다. 남들보다 기억력이 좋으면 더 피곤한 법이다.

"아 지겨워! 난 엄마도 안 닮고 아빠도 안 닮았어. 난 주워 온 애야. 됐지?"

"뭐? 애 말하는 거 봐. 야. 주워 오려면 착하고 예쁜 애를 주워 오지 우리가 뭐 하러 너같이 말도 안 듣고 소처럼 고집만 센 애를 주워 오냐? 글자를 가르쳐줄라고 그래도 어디 말을 들어먹어야 말이지."

"이미 다 아는 걸 열 번씩 쓰라고 하니까 그러지."

"알긴 뭘 알어? 제 이름도 못 쓰는 게."

"오 마이 갓. 아유 키딩 미?"

"여보, 애 왜 이래? 뭘 잘못 먹었나?"

휴. 할마가 있었으면 쉽게 진실이 밝혀질 텐데. 할마는 글자를 모르지만 내가 읽은 이야기들을 다 이야기해줘서 내가 책도 읽고 내 이름도 잘 쓰고 영어까지 할 수 있다는 걸 알고 있다. 엄마 아빠 몰래 엿장수한테 은비녀를 넘기고 한 묶음이나 되는 책을 받아 오기도 했었다. 그 책들은 향자네 집에 있는 어린이용 전집 세트 같은 게 아니라 이것저것 잡다하게 다 섞여 있었는데 그중에서도 나는 속담집과 컬러로 된 큰 책이 좋았다. 그 책 속에 나오는 이야기는 그동안 내가 읽었던 것들과 엄청 달라 어른용 잡지라는 걸 알아챘는데, 글씨 색깔마저 교과서처럼 검은색이 아니라 파란색, 빨간색, 노란색으로 아주 화려했다. 특히 한 단어는 꼭 빨간색 영어로만 썼는데, 그걸 읽을 때마다 할마가 말했던 '색시'가

떠올랐다. 할마는 색시 때 사랑을 가장 많이 받고 행복했다고 했다. 여자는 색시 때가 가장 예쁘다고.

"할마는 어디 갔어?"

"딴소리하지 말고 똑바로 배워. 아빠가 네 이름 쓰는 거 잘 가르쳐줄 테니까."

"나도 쓸 줄 안다고."

"그럼 써봐. 여기다 똑바로."

아빠가 내 스케치북을 내밀었다. 내가 잡지책을 보고 따라 그린 환상적인 그림들에 검은 낙서가 가득했다. 나는 화가 나 엄마에게 매달려 있는 동생들을 쏘아보았다.

"내 스케치북 건드리지 못하게 하라고 했잖아!"

아빠가 동생들이 아닌 내 머리에 알밤을 놓았다.

"우선 네 이름부터 써봐. 백은영."

"나라에서도 하나만 낳아 잘 키우라는데 왜 말을 안 듣고, 씨!"

"뭐? 여보 당신도 들었지? 얘 말하는 거. 누가 들으면 아주 얘가 엄마고 내가 딸인 줄 알 거야. 당신이 혼 좀 내줘. 그래야 어른 무서운 줄 알지."

이를 으르렁거리며 싸울 때는 언제고 엄마는 이럴 때만 엄청 약한 척을 한다. 그걸 또 곧이곧대로 받아들이고 화난 척 눈을 부릅뜨고 목소리를 높이는 아빠도 진짜 웃긴다.

"은영이 너 엄마한테 그게 무슨 버르장머리여? 아니, 지금은 우선 네 이름부터 제대로 쓸 수 있나 그것부터 확인하고 나머지는 그 후에 얘기혀. 뭐 햐, 얼른 안 쓰고!"

그래봤자 하나도 무섭지 않았지만 아빠 체면을 생각해서 연필을 집어 들었다. 엄마가 쪼르르 동생들까지 데리고 다가왔다.

"어른들을 우습게 알면서 지 이름도 못 쓰는 바보가 우리 준수 누나인지 아닌지 어디 한번 보자."

그렇게 말하는 엄마의 얼굴이 너무 밉살맞아서, 그 옆에서 뭣도 모르면서 "바보래요 바보래요" 하며 깔깔거리는 준수가 꼴 보기 싫어서, 자기가 지금 얼마나 딸의 자존심을 짓밟고 있는 줄도 모르는 아빠한테 반항하고 싶어서 나는 거칠게 연필을 휘갈겼다.

'빼그녕'

그 일로 난 아빠에게 '백은영'을 천 번 쓰라는 숙제를 받았다. 진짜 한심한 벌이라는 걸 알려주려고 난 '밝은 달, 빛나는 태양, 흙에 살리라, 뜨거운 하룻밤' 같은 어려운 단어들까지 써서 보여주었지만 티브이 연속극에 푹 빠진 엄마 아빠는 내 의도를 이해하지도, 내 수준을 파악하지도 못하고 무조건 "백은영 천 번"을 소리쳤다.

나는 그 방을 몰래 빠져나와 할마를 찾으러 갔다. 아직 겨울이라 바람이 잘 통하는 마을 길목에는 할머니들의 멍석이 깔리지 않았고, 마을 한가운데를 차지하고 있는 배밭도 시커멨다. 그 배밭을 기준으로 아랫마을에는 백씨들이, 윗마을에는 송씨들이 모여 살았는데 배밭의 주인인 송가네 면장 집은 배밭 옆, 동네 한가운데에 있었다. 그곳에서 사람들이 웅성거리는 소리가 났다.

꽹과리와 방울, 북소리에 끌려 나온 듯, 아래위 마을에서 나온 여자들이 개미떼처럼 줄지어 면장네 집 쪽으로 들어갔고, 나도 그들을 따라갔다.

동네에서 제일 큰 면장네 집 마당에서 큰 굿판이 벌어지고 있었다. 면장네 아들이 이번에도 고시에 떨어져 굿을 벌이는 거라고 아랫마을 할머니들이 수군거렸다. 그 사이에 우리 할마는 없었다.

떡과 과일이 잔뜩 차려진 상 앞에서 배꽃 아줌마가 무릎을 꿇고 앉아 있었다. 성인 잡지의 글씨들처럼 노란색 빨간색 파란색이 어지럽게 섞인 옷을 입은 무당이 배꽃 아줌마를 향해 소금을 뿌리며 고함을 질렀다.

"널 따라 악귀들이 들어왔으니 어서 조상님들께 잘못

했다고 죄를 빌어!"

내 이름을 똑바로 쓰는지 보겠다고 나를 다그치던 아빠처럼, 무당이 배꽃 아줌마의 등을 부채로 찰싹 때렸다. 그 옆에서 신이 나 구경하던 엄마와 동생들처럼 면장네가 배꽃 아줌마를 닦달했다.

"대대손손 복을 쌓은 송가네 문중 앞에 머리 숙여 사죄를 드립니다. 이렇게 빌어. 제가 부족하여 몹쓸 귀신들이 주렁주렁 매달린 것이니 저만 벌하시고 다른 가족들에게는 노여움을 푸십시오. 큰 소리로. 얼른!"

면장 할머니의 재촉에 배꽃 아줌마가 입을 여는 순간, 배꽃 아줌마의 목소리 대신 다른 목소리가 우렁차게 울려 퍼졌다.

"머리 숙여 사죄를 왜 그 여자가 해? 무당이 귀신도 못 보나? 귀신이 주렁주렁 매달린 사람은 저 여자가 아니라 나라고!"

마당으로 뛰어든 남자 때문에 꽹과리와 방울, 북소리가 멈췄다. 사색이 된 면장네가 남자를 막아섰다.

"경철아!"

"이 손이 잘린 건 저 여자 때문이 아니라구요!"

남자가 손이 없는 오른팔을 하늘 높이 흔들었다. 배꽃

아줌마가 일어나 그의 팔을 붙잡았다.

"오빠. 괜찮아요 난."

"괜찮긴 뭐가 괜찮아, 이 등신아!"

"내일 온다더니 너는 왜 하필 오늘 와가지고…… 금방 끝나니까 너는 나가 있어. 이렇게라도 해야 더는 나쁜 일이 안 생긴다!"

"어머니! 도대체 제가 몇 번을 말해요!"

"넌 나가 있으라니까."

면장네 할머니가 남자의 등을 떠밀었다. 그래도 꿈쩍 않자 면장네 할아버지가 소리쳤다.

"동네 사람들 다 보는데 부모 얼굴에 침 뱉을 참이여? 남우세스럽게 지금 뭐 하는 거여!"

"그놈의 체면이 사람보다 더 중요해요? 왜 아무 죄 없는 여자한테……"

그 말에 배꽃 아줌마가 일어나 남자를 막아섰다.

"오래 안 걸리니까 오빠는 배밭에서 산책하고 와."

남자가 눈물이 그렁그렁한 눈으로 배꽃 아줌마를 바라보다 등을 돌렸다. 손 없는 그의 손목이 주먹을 꼭 쥔 것처럼 다부져 보였다.

2

춘
입

3년 전 배꽃이 하얗게 피던 날, 우리 동네에 나타난 그녀를 나는 배꽃 아줌마라 불렀지만 사람들은 '춘입'이라 했다. 그것이 그녀의 이름인지, 봄에 왔다고 해 그렇게 불렸는지는 모른다.

그녀를 데리고 온 면장네의 아들은 경철이란 이름이 있었지만 '법대생'으로 불렸다. 법대에 들어가기 한참 전부터, 법대를 졸업한 지 한참이 지난 후까지도 사람들은 그를 법대생이라고 했다. 면장 할아버지 역시 예전에 면장을 했었다고 죽을 때까지 계속 면장네로 불렸다. 그게 우리 동네 방식이다.

출세 가도를 달려야 할 법대생이 오른손을 통째로 잃고 여자를 데리고 와 배농사를 짓겠다고 하자 면장네 가족들뿐만 아니라 송가네 일족 모두가 놀라 까무러쳤다. 아랫마을 백가네 사람들까지 머리 좋은 법대생이 어쩌다 그런 사고를 당해 이 지경에 처했나 혀를 차고 안쓰러워했는데, 딱 한 사람만 신이 나서 춤을 췄다. 바로 우리 큰집 할아버지, 가지 마오 영감이었다. 언제나 나훈아의 〈가지 마오〉를 흥얼거리고 돌아다녀 그런 별명으로 불렸는데, 춘입이 법대생의 인생을 망쳤다며 면장네 일가가 그녀를 쫓아내려 할 때는 전축을 더 크게 틀어놓고 〈가지 마오〉를 열창했다.

"사랑해 사랑해요 당신을 당신만을 이 생명 다 바쳐서 이 한목숨 다 바쳐 내 진정 당신만을 사랑해 가지 마오 가지 마오 나를 두고 가지를 마오 이대로 영원토록 한 백년 살고 파요 나를 두고 가지를 마오."

그럴 때마다 송가네보다 우리 아빠가 더 인상을 찡그렸다. 송가네는 멀리 떨어져 있지만 우리 집은 큰집 바로 옆이라 너무 시끄러웠다.

아빠는 송가네 대장인 면장네보다 백가네 대장인 가지 마오를 더 싫어했다. 욕심쟁이에 맘보가 고약한 영감이라고 늘 뒤에서 흉을 봤다. 가지마오도 우리 아빠를 그렇게 좋아하진 않았다. 특히 아빠가 배밭에서 일을 하고 오거나 하면 담장 위로 바가지를 내던지며 배알도 없는 놈이라고, 차라리 성을 갈라고 욕을 했다.

"자식들을 굶길 순 없잖어요?"

가지마오 앞에서는 그 말밖에 하지 못했지만 가지마오가 없으면 아빠는 두 눈을 부릅뜨고 큰집을 향해 침을 뱉었다.

"그러게 누가 혼자 땅 다 차지하고 자기 새끼들만 챙기래? 집안 어른이면 어른다워야 어른 대접을 해주지. 이름만 큰아버지지 조카 것까지 훔쳐 간 도둑놈이 누구한테 큰소리야?"

난 어느 날 아빠가 한 말을 그대로 가지마오에게 전해 줬다. 그리고 궁금한 것을 물었다.

"할아버지 진짜 도둑질했어요? 그럼 도둑이에요? 뤼팽 같은?"

뤼팽은 멋있는 도둑이라 나는 좋은 뜻으로 물은 건데 가지마오는 노발대발해 담장 사이의 쪽문을 박차고 우리 집으로 갔다. 아빠는 닭장에서 달걀을 줍고 있었는데 가지마오가 닭장 문을 걸어 잠그고 아빠를 못 나오게 한 후 고함을 질렀다.

"내가 나 혼자 잘살자고 그랬냐? 저 송가네 때문에 쓰러진 우리 집안을 다시 일으켜 세울라고 그란 거 아녀! 너도 농사지어봐서 알잖여. 농사를 잘 질라믄 크고 좋은 것 하나만 남기고 다 솎아내는 기 얼마나 중요한지. 그란데 뭐 도둑놈? 어린 자식한테 그게 할 소리여?"

"난 그런 말 한 적 없어요."

아빠가 또 오리발을 내밀었다.

"그럼 은영이가 니가 하지도 않은 말을 지어냈단 말이여?"

"예. 저는 정말 그런 말 한 적 없어요."

"은영아! 은영이 너 이리 와봐라."

부엌에 있는 엄마가 나한테 오지 말라고 손짓했지만 나는 엄마를 원수라고 생각하고 있었기에 쪼르르 쪽문을 통해 닭장 앞으로 달려갔다.

"은영이 너 잘 들어. 할아버지가 지금 하는 말에 똑바로 대답하지 않으믄 니 아빠는 여기 닭장에서 영원히 못 나오는 거."

"뭔데요?"

"너 아까 나한테 와서 한 말, 니 아버지한테서 들은 거 맞지?"

"예."

아빠의 얼굴이 닭똥처럼 허옇게 굳었다.

"언제 어디서 들은 말이냐?"

"처음 들었을 때요, 아니면 마지막 들었을 때요?"

"응?"

"제일 처음 들은 건 내가 태어난 지 9일째 되던 날이었어요. 엄마가 애 태어난 줄 알면서 고기 한 근 안 가져온다고 가지마오 할아버지를 흉보니까 아빠가 막 맞장구를 쳤어요. 큰아버지한테 뭘 기대하냐고. 원래 그런 사람인 거 모르냐고. 자기 동생이 병들어 죽어갈 때도 병원 한 번 안 데려가고, 동생 죽자마자 땅까지 빼앗아 간 나쁜 놈, 순 악질 영감탱이, 구두쇠, 천벌을 받을 사람이라고……"

가지마오의 얼굴이 붉으락푸르락해질수록 엄마 아빠의 고개는 더 아래로 처졌다.

"그리고 그다음다음 날, 그러니까 내가 태어난 지 11일째 되던 날은 할아버지 아들이 서울서 왔는데, 우리 주라고 사 온 과자백화점을 통째로 안 주고 과자를 몇 개 빼고 줬다고…… 그때 껌은 세 통 들어 있는데 한 통밖에 없었고, 사탕도 한 봉지, 웨하스도 한 개가 비어 있었어요. 자두맛 사탕이랑 딸기 웨하스 할아버지가 빼 먹은 거 맞죠?"

할아버지가 눈썹을 송충이처럼 꿈틀대더니 부엉이 같은 눈으로 날 보았다.

"너 태어났을 때가 언젠데, 몇 년 전 일을 지금 나한테 따지는 겨? 태어난 지 며칠 되지도 않았던 네가 뭘 안다고.

참 맹랑한 놈이네."

가지마오가 내게서 눈길을 돌리고 닭장 속의 아빠한테
소리쳤다.

"야 교육 잘 시켜야겠다. 안 그러믄 크게 사고 치겠어."

가지마오는 내가 사고 칠까봐 닭장 문을 열어주는 거라
는 듯, 으스대며 문고리를 풀고는 닭장 옆에 서 있다가 아빠
가 들고 나오는 달걀 소쿠리에서 달걀 하나를 집어 들었다.
달걀을 이빨에 톡톡 부딪쳐 깨뜨리고, 거기에 입을 대고 쪽
쪽 빨아먹으며 자기 집으로 돌아갔다. 아빠는 가지마오가
계란을 더 집어 갈까봐 달걀 소쿠리를 뒤춤에 감춘 채 서 있
다가 가지마오의 모습이 사라지자마자 나를 닭장 속에 밀어
넣었다.

"너 또 한 번만 아빠가 한 얘기 저 영감한테 이르면 여
기서 사는 겨."

"그럼 가지마오 할아버지가 한 말도 아빠한테 하면 안
돼?"

"아니. 그건 괜찮아. 뭐라고 했는데?"

"먼저 여기서 나가게 해주면 말해줄게."

가지마오는 면장네 아들이 손이 잘린 건 춘입이 술집

여자이기 때문이라고 했다. 그 여자의 기둥서방이 조폭인데 그런 줄 모르고 그 여자를 잘못 건드려 손목이 잘린 거라고. 아빠는 말도 안 되는 추측이라고 비웃었다.

"그게 아니고 법대생이 데모를 하다가 잡혀 고문당해 그렇게 된 거야."

일곱 살 나이 치고는 이것저것 많이 읽어 어휘력이 풍부했지만 기둥서방이나 조폭, 데모, 고문 같은 단어는 무슨 뜻인지 알지 못했다. 그런데 아빠가 나를 끌어당겨 무릎에 앉히고는 내 입을 아빠 손으로 꼭 막으며 진지하게 말했다.

"이런 말 절대 밖에서 하면 안 돼야. 그럼 아빠는 감옥가."

"감옥이 뭔데?"

"저런 닭장 같은 덴데 더 튼튼하고 좁고 무서운 데야. 한 번 들어가면 나올 수도 없고. 그럼 우리 가족은 망하는 거. 절대 말 안 할 거지?"

나는 고개를 끄덕였다. 하지만 마음속으로는 엄마가 또 프랑크를 팔겠다고 하면 감옥에 보내버려야겠다고 생각했다.

다행인지 불행인지 엄마는 한동안 그 이야기를 하지 않았다. 파랑 빨강 알록달록한 글자들이 가득했던 잡지에서 많이 보았던 그 단어, '스캔들'이 우리 동네를 덮쳐 온 동네 여자들의 관심이 다 거기로 쏠렸기 때문이다.

춘입이 3년 전 쫓겨나지 않은 건 가지마오의 방해 때문이 아니었다. 춘입과 함께 배농사를 짓겠다고 들어온 법대생을 면장네는 강하게 막아섰다. 이대로 고시를 포기하고 시골에서 농사를 짓겠다면 춘입을 쫓아낼 것이고, 다시 고시 공부를 하면 춘입을 받아주겠다고.

법대생은 손도 없는데 어떻게 공부를 하냐고, 고시에 붙는다 해도 팔병신은 출세할 수 없다고 설득했지만 면장네는 들어주지 않았다. 글씨는 왼손으로 쓰면 되고, 잘린 손에는 의수를 끼우면 된다며 서울에서 직접 손가락을 사 왔다. 춘입을 지키기 위해 법대생은 사람의 손과 달리 하얗고 뻣뻣한 의수를 받아들였다.

그 후, 공부하라고 배밭에는 얼씬도 못하게 했지만 법대생은 고시에 연달아 실패했다. 그럴 때마다 면장네는 재수가 없는 여자라 그런 거라고 춘입에게 화풀이를 했다. 그렇게 3년이 지나자 이제는 춘입이 애를 못 낳는 여자라고 타박하기 시작했다. 대를 이으려고 굿까지 했는데도 소용이 없자 면장네는 새 여자를 법대생에게 붙여줬다 했다. 읍내에 집까지 얻어주고 살림살이까지 다 장만해줬다고.

법대생의 새 여자가 자전거를 타고 동네에 나타났다.

우리 동네의 자전거들은 죄다 짐자전거나 애들용 세발자전 거뿐인데 새 여자가 타고 온 건 바구니가 달린 예쁜 자전거 였다.

여자는 춘입보다 알록달록했다. 입술은 더 빨갛고 머리 는 더 노랬다. 검은 선글라스를 끼고 챙이 긴 파란 모자를 썼 다. 그리고 여자는 춘입보다 올록볼록했다. 가슴도 앞으로 툭 튀어나오고 엉덩이도 뽕긋했다. 여자가 다녀간 후 동네 남자들은 동그랗고 큰 것만 보면 법대생의 새 여자를 떠올 렸다. 호박이나 참외, 수박을 양쪽 가슴에 대고 실실거렸다.

면장네는 춘입을 자기 집에서 일하는 여자로 새 여자에 게 소개했다고 했다. 춘입은 그 여자가 먹을 밥까지 차려 바 쳤다며 동네 여자들은 입에 거품을 물었다.

"나 같으믄 그라고 안 살아."

"그람 당연하지. 바늘방석이 따로 있어. 만날 그 구박 다 들어감서, 하이고, 그 집 시어매 그래 야멸찬 사람인지는 내 정말 몰랐어. 작년에 배봉지 씌우러 갔다가 춘입이한테 하는 거 보고 내 다리가 다 후들거리드라고."

"그래도 집에서 안 쫓아내는 게 어디여? 잘나가는 3대 독자 인생 망치고 대까지 끊어놓은 여자를!"

"법대생이 춘입이 때문에 그리된 겨? 하라는 공부는

안 하고 집에서 보내준 돈으로 노름판에 돌아다니다가 손모가지 잘린 거라고 소문이 파다하든디. 다 죽게 생긴 걸 춘입이가 살려놓은 거랴."

"그랴? 그람 춘입이한테 송가네가 그럼 안 되지."

"안 되고말고. 아무리 애를 못 낳아도 그렇지, 자기 자식 살려준 은인인데."

"그란디 이상하네. 그럼 춘입이가 왜 그걸 다 참고 사는 겨?"

"부모도 없고 오갈 데 없는 고아니께 그렇지."

"춘입이가 고아랴?"

"고아가 아니믄 왜 여기서 그 수모를 당하고 살어. 당장 떠나갔지."

'고아'라는 말을 듣고 나는 배꽃 아줌마, 춘입에게 관심이 생겼다. 내가 보았던 동화책 속에는 고아인 주인공이 많아 고아에 대한 선망심이 있었다. 희숙이나 향자처럼 평범한 애들보다는 고아가 훨씬 특별하지 않은가.

한겨울이 지나고 날씨가 풀리면 닭장 속에 가둬두었던 닭들을 마당에 풀어놓는다. 그럼 닭들은 여기저기 쏘다니며 모이를 주워 먹고 사람들이 찾기 힘든 곳에 달걀을 낳는데 나는 그렇게 숨겨진 달걀을 찾아내는 데 선수였다. 이왕이면 눈에 잘 띄는 빨간색이나 파란색 끈을 준비하는 게 좋다. 그 끈을 닭의 다리 하나에 묶어두고, 하루 종일 닭들이 오가는 동선을 표시해놓는다. 가장 많이 겹치는 장소를 뒤지면 백발백중 대여섯 개의 달걀들이 모여 있다.

하지만 이번에는 달걀을 찾기 위해서가 아니라 친구를 찾기 위해서 나는 닭의 다리에 빨간색 리본을 묶고 윗마을로 몰았다. 달걀을 찾으러 다니는 척 배밭을 기웃거리다가 창고에서 배봉지 씌울 때 쓸 신문지를 가위로 자르고 있는 춘입을 발견했다. 나는 가슴이 두근거렸지만 뒤뚱거리는 닭꽁지만 쳐다보면서 그 주위를 맴돌았다. 미리 호주머니에 넣어가지고 간 달걀을 창고 옆 풀숲에서 찾은 체 손에 들고 닭의 다리에 묶은 줄을 풀어주었다. 닭이 후다닥 우리 집 쪽으로 뛰어가자 지나가는 척, 춘입이 들고 있는 신문지에 가장 큰 글씨로 써 있는 걸 읽었다.

"긴급조치 9호 위반으로 23명 체포."

춘입이 고개를 들고 신문지와 날 번갈아 보았다.

"너 글도 읽을 줄 아니?"

나는 당연한 걸 왜 묻냐는 눈빛으로 의기양양한 미소를 지었다.

"우리 동네에 있는 책 중에 내가 안 본 건 없을걸."

난 일부러 반말을 했다. 왜 어른한테 반말을 하냐고 혼내키는 평범한 어른인지 아닌지 춘입을 테스트하기 위해서였다.

"와, 대단하네."

첫 단계는 통과.

"근데 네가 말한 건 틀렸어."

"뭐가?"

"우리 동네에 있는 책 중에 네가 안 본 건 없다고 했잖아. 근데 우리 집에도 책이 엄청 많거든. 너 그건 읽지 못했잖아."

딱 내가 원하는 대꾸였다. 사실 향자한테 들어 나는 법대생네 집에는 향자네 집보다 책이 많다는 걸 알고 있었다. 하지만 새로운 책을 읽고 싶다는 욕심 때문에 춘입에게 그런 수작을 건 건 아니다. 희숙이나 향자랑 노는 건 너무 시시해 나는 좀 더 수준이 맞는, 특별한 친구를 갖고 싶었다. 물론 나에겐 특별한 친구, 할마가 있었지만 한 살 한 살 나이를 먹을수록 할마는 사람보다는 신선에 더 가까워져 이제는 쉽게 내 눈에 띄지도 않아 내게는 새 친구가 필요했다.

"책 읽으러 가도 돼?"

"그럼."

춘입은 내 주변의 어른들과 확실히 달랐다. 내가 왜 내 이름을 '빼그녕'이라고 쓰는지 말해주지 않았는데도 훤히 알았다.

"너같이 특별한 사람한테는 백은영이라는 이름보다 빼 그녕이 더 잘 어울려. 나도 널 빼그녕이라고 불러도 되지?"

"좋아. 그럼 난 뭐라고 불러?"

"춘입."

"춘입은 진짜 고아야? 고아원에서 자랐어?"

"아니. 이모네 가게에서. 이모가 식당을 했거든."

"거기서 술도 팔았어? 조폭도 오고?"

"응?"

"근데 조폭이 뭐야?"

"깡패."

아. 그럼 가지마오 같은 사람들이구나.

가지마오는 학교를 오가는 아이들이 자기네 집 살구를 주워 먹거나 따면 고함을 지르고 지팡이를 휘둘렀다. 그 아이들이 송가네 아이들이면 더 크게 고함을 지르고 지팡이도 더 세게 때려, 송가네 아이들의 혹은 우리 것보다 두 배는 더 컸다.

면장네는 가지마오처럼 깡패는 아니었지만 나는 두 노인이 있을 때는 왠지 그 집에 들어가는 게 꺼려져 면장네가 안 보일 때만 들락거렸다. 읍에 가려면 윗마을 사람들은 죄다 우리 집 앞을 지나가야 해서 나는 집에 있다가 하얀 두루마기를 입은 면장네가 우리 대문 앞을 지나가기만 하면 밥을 먹다가도 숟가락을 놓고 면장네 집으로 뛰어갔다.

춘입의 방은 본채와 떨어져 있는 아래채고 책은 본채에 있는 법대생의 방에 있었다. 그 방이 더 크고 좋은데, 왜 그 방을 비워놓고 아래채 작은방에서 사냐고 나는 묻지 않았다. 친구는 상대방의 아픈 데를 찌르면 안 되니까.

춘입은 남편이 절에서 공부를 하는 중이라 집에 자주 오지 않아 말할 사람이 없는데 내가 놀러 와 좋다고 속마음을 털어놓았다. 법대생은 절에서 공부를 하는 게 아니라 부모가 붙여준 새 여자 집에서 아기를 만들고 있는 거라고 말해줄까 하다가 그만두었다. 대신 나도 우리 집 비밀을 춘입에게 털어놓았다.

"내 동생 혜영이는 입술이 파래."

프랑크보다 먼저 태어났는데도 혜영이는 걸을 생각은 커녕 잘 기어다니지도 않았다. 그래서 나는 게으른 애라고 생각했는데, 할마는 입술이 파래서 그런 거라고 했다. 그러고 보니 혜영이 입술은 나보다 파랬다. 많이 울거나 조금 기어다니면 더 파래졌다. 할마가 자주 집을 비우는 건 그래서라는 것도 알게 됐다. 할마는 칠성님한테 기도를 하러 산에 가는데, 요즘은 혜영이 때문에 더 자주 간다.

그 이야기를 하고 나자 춘입이 내 손을 꼭 잡아주었다. 꽃잎처럼 하얗고 작은 다섯 개의 손가락이었다. 나는 춘입에게 프랑크가 태어나던 날 배밭에서 보았던 손가락에 대해 물었다.

"그건 의수야. 미국에서 만든 거라 우리나라 사람 손보다 훨씬 크고 하얗지."

맞다. 그래서 그때 더 놀랐었다. 땅바닥에 하얀 손이 덜렁 놓여 있어서.

"오빠는 그 손을 싫어해서 아무 데나 떨어뜨려. 잃어버리고 싶은 거지."

그 말은 좀 이상하게 들렸다. 가지기 싫으면 갖다 버리든가 파묻어야지, 억지로 잃어버린다는 게 가능한가?

"그게 오빠고 난 그 마음을 이해해."

그렇게 말하면서 춘입은 자신의 왼손으로 오른손을 꼭 쥐었다. 손이 없는 법대생의 손목처럼 춘입의 오른손이 눈 앞에서 사라졌다.

"그 손은 어딨어? 법대생한테 원래 있던 손. 정말 조폭이 자른 거야?"

"아니."

"그럼 고문하다가 데모당해서 그렇게 된 거야?"

춘입이 눈을 동그랗게 뜨고 날 보았다. 그래서 난 내가 실수했다는 걸 알았다. 아빠는 이런 얘기는 절대 밖에서 하면 안 된다고 했었다. 나는 춘입의 귀에 입을 대고 아주 작게 속삭였다.

"괜찮아. 아무한테도 말 안 하고 나 혼자만 알고 있을 거야."

춘입이 웃음을 터뜨렸다. 내가 한 것처럼 내 귀에 입을 바짝 대고 속삭였다.

"그런 게 아니고, 이 손이 잡아먹었어."

춘입이 오른손을 활짝 펴 보였다.

"보여? 이 안에 들어 있는데."

"말도 안 돼. 우리 아빠 손은 엄마 손보다 훨씬 커. 근데 어떻게 작은 여자 손 속에 더 큰 남자 손이 들어가?"

"내 손은 마술을 부리니까."

"피."

"진짜야."

나는 춘입의 말을 믿지 않았지만 춘입의 손만 닿으면 정말 마술 같은 일이 벌어졌다. 춘입의 방에 있는 살림살이는 몇 개의 나무 궤짝이 전부였는데, 그 궤짝이 책상으로, 또 어떨 땐 옷장으로 순식간에 변신했다. 음식도 마찬가지였다. 우리 집에서 먹는 채소와 똑같은 재료들인데, 춘입의 손이 조물거리면 특별한 맛이 났다. 그 손에 홀려 나는 춘입이 일하는 걸 넋 놓고 바라볼 때가 많았는데, 특히 춘입이 채소를 씻어 소쿠리에 건져놓을 때면 나까지 깨끗하게 씻겨지고 가벼워지는 것 같았다. 가지런히 소쿠리에 누워 춘입의 손길을 기다리는 열무나 상추, 오이, 가지처럼 나도 얌전히 앉아 소쿠리 밑으로 똑똑 떨어지는 물방울들을 바라보고 있으면 무슨 최면에 걸리는 것 같았다. 누가 묻는 대로, 내가 태어나기 전 일까지도 다 말할 수 있을 것만 같았다.

　나는 쫑알쫑알 아무한테도 말하지 못한 내 능력을 춘입에게 다 털어놨다. 그런 천재성을 가지고 걸핏하면 싸움질만 하는 부모 밑에서 바보 취급당하며 사는 게 얼마나 고통스러운지, 매일매일 느끼는 울분과 불만을 쏟아냈다.

　내가 엄마 아빠를 욕하고 원망해도 춘입은 소쿠리 같은 사람이라 나쁜 것은 다 걸러내고 좋은 것만 간직했다. 면장네가 무슨 구박을 해도, 동네 사람들이 무슨 이야기를 해도 그녀가 배꽃처럼 웃을 수 있는 건 바로 그 때문이었다.

엄마는 내 의견에 동조하지 않고 춘입을 '속없는 여자'라고 흉봤다.

"서방이 딴 년을 품고 있는데 뭐 좋다고 그 에미 애비한테 매끼니 진수성찬을 차려 바쳐? 나 같으면 밥이 뭐야, 밥상을 아예 뽀개버리지."

"그뿐일까? 너 같으면 내 밥에다 농약을 섞었을 겨."

"하여간 이 인간 애들 앞에서!"

쥐 잡는 고양이처럼 엄마가 앙칼지게 아빠를 쏘아보자 아빠가 금세 풀이 죽어 숟가락을 내려놓았다.

"일하는 사람헌티 허구한 날 밥상이 이게 뭐냐? 어떻게 만날 김치랑 된장찌개뿐이여?"

"무슨 대단한 일 한다고. 당신이 샘 파?"

"샘 기술자 델고 다니면서 수맥 찾는 건 쉬운 줄 알어?"

"그걸 왜 나한테 얘기해? 가지마오한테 딱 잘라 못하겠다 하라니까 말 안 듣고서는!"

"이미 샘 기술자 데리고 왔는데 어떻게 그러냐. 그라고 혜영이 병원비라도 빌릴라믄……"

아빠가 무슨 말을 더 하려고 하다 날 흘끔 보고는 입을 닫고 밖으로 나갔다. 엄마도 평소와 달리 밥을 먹는 둥 마는 둥 하면서 국에 만 밥을 혜영의 입으로만 가져갔다. 눈치 없는 준수가 저도 밥을 먹여달라고 입을 쩍 벌렸다. 나는 준수의 머리를 숟가락으로 때렸다. 준수가 울음을 터뜨렸다.

"싸우지 좀 마!"

엄마가 나만 보고 윽박질렀다.

"그러게 왜 애를 줄줄이 낳아가지고."

"뭐?"

"나 낳고서 엄마가 말한 대로 다시는 애를 안 낳았으면 입술이 파란 애를 낳을 일도 없었잖아!"

엄마가 옆에 있던 빗자루를 집어 들고 나를 후려쳤다. 부지깽이로 맞았을 때보다 더 아팠다.

"이게 진짜 보자 보자 하니까. 안 그래도 속상해 죽겠는데 왜 너까지 지랄이야!"

"내가 뭐 틀린 말 했어?"

"이게 그래도. 너 아빠한테 말해 당장 송아지 팔아버리라고 할 거야!"

"피, 그런다고 아빠가 팔 것 같아? 아빠는 프랑크 안 팔아."

아빠의 꿈은 소를 많이 불려 큰 목장을 하는 거라고 며칠 전에 나한테 말했다. 이 농사 저 농사 다 지어봤는데 그래도 가장 나은 건 소를 키우는 거라고 했다. 우리 삼남매 대학까지 보내려면 목돈이 되는 소를 키워야 한다고. 나도 이 생각에는 전적으로 찬성했다. 그럼 프랑크가 신선이 될 때까지 같이 살 수 있을 테니까.

그랬던 아빠가 날 배신하고 엄마 말을 따르기로 했다는 걸 알았을 때, 난 내 가슴이 아궁이가 된 줄 알았다. 불타는 장작이 가득 들어 있는 아궁이처럼 가슴이 뜨겁고 솥뚜껑 아래로 흐르는 물처럼 내 눈에서도 뜨거운 눈물이 쉬지 않고 흘렀다. 비겁하게도 아빠는 가지마오 탓을 했다.

"인색한 그 늙은이가 돈 없다고 말도 못 붙이게 하는데 어떡햐. 돈 되는 건 송아지밖에 없는디."

"아빠가 프랑크 팔면 나도 혜영이 팔아버리고 엄마는 감옥에 보낼 거야."

그 말을 하고 나서 난생처음으로 아빠한테 종아리를 맞았다. 엄마한테 맞았을 때보다 더 서럽고 슬퍼 나는 집을 뛰쳐나가 춘입에게로 갔다.

그런데 춘입도 나를 위로해줄 처지가 아니었다. 법대생한테 맞아 입술에서 피가 나고 얼굴에 시퍼런 멍이 들어 있었다.

나쁜 놈.

우리 아빠도 나쁘지만 법대생은 더 나쁜 놈이었다. 춘입은 나처럼 읍에 있는 새 여자를 팔아버리거나 시부모를 감옥에 보낸다고 하지도 않았는데 왜 때리냐고! 우리 아빠처럼 가난한 농부도 아니면서! 자식들이 주렁주렁, 입술이 파란 딸이 있는 것도 아니면서!

나는 이를 갈면서 달려들고 싶었지만 손이 두 개나 되는 춘입이 법대생의 손 하나를 막아내지 않고 고스란히 당하고만 있는 게 이상해 좀 더 지켜보았다.

"왜 이러고 살어. 가라고 병신아!"

법대생이 춘입을 대문 밖으로 쫓아내도 춘입은 대문을 붙잡고 버텼다.

"오빠. 이제 곧 배꽃이 필 거야."

"그게 뭐? 그게 뭐 어쨌다고!"

"배꽃이 지고 나면 오빠가 하라는 대로 할게."

손가락이 없는 법대생의 오른팔이 그 말에 아래로 툭 떨어졌다. 춘입의 배꽃 같은 두 손이 그 손을 감싸 쥐었다. 그러자 마술사의 모자에서 쑥 나오는 비둘기처럼 법대생의 잘린 손목에서 희고 작은 다섯 개의 손가락이 자라났다.

나는 프랑크를 지키기 위해 밤에도 방에 들어가지 않고 프랑크의 외양간 옆 헛간에서 잠을 잤다. 엄마 아빠가 억지로 날 끌고 가려 해 나도 춘임처럼 헛간 문을 붙잡고 버텼다. 춘임이 했던 말이 내 입에서 똑같이 흘러나왔다.

"이제 곧 배꽃이 필 거야."

"얘가 뭐라는 겨?"

아빠의 눈이 휘둥그레졌다.

"배꽃이 지고 나면 엄마 아빠가 하라는 대로 할게."

"그게 무슨 소리여?"

엄마가 갑자기 주저앉으며 울음을 터뜨렸다.

"여보, 어떡해. 혜영이도 아픈데 은영이 얘까지 머리가 이상해졌나봐. 이제 우리 어떡해."

아빠까지 눈물을 글썽거리며 나를 끌어안았다.

"은영아, 정신 차려. 너까지 아프믄 안 돼야."

"나 안 아픈데."

"진짜지? 진짜로 안 아프지?"

"응."

"그려. 그럼 됐어. 송아지는 또 낳으믄 돼야. 아빠가 다음에 태어나는 송아지는 우리 은영이 줄게. 진짜로 약속할게."

"프랑크의 엄마가 태어날 때도, 프랑크가 태어나기 전에도 똑같이 말해놓고 아빠는 순 거짓말쟁이야."

"내가 그런 말을 했어? 언제?"

하얀 눈이 소복하게 내린 날, 내가 태어난 지 356일째였다. 아직 나는 걷지 못해 엄마가 안고 있었는데, 아빠가 새로 태어난 송아지를 구경시켜주겠다고 했다. 엄마가 애감기 든다고 안 된다고 해도 아빠는 괜찮다며 내 몸에 담요를 덮어 들고 외양간으로 갔다. 그 안에서 작은 송아지가 일어나려고 버둥거리면 어미소가 입으로 툭 쳐 넘어뜨렸다. 사람이나 소나 어른들은 다 심술궂다. 그렇게 어미소에게 몇 번을 당하고 나더니 비실비실한 송아지가 약이 올랐는지 벌떡 일어나 걷기 시작했다.

"은영아. 야는 너보다 한 살이나 어린데 벌써 걸음마를 한다. 넌 언제 걸을 겨?"

아빠가 안고 있는 내 이마에 코를 비볐다. 갓 담은 김장 김치를 잔뜩 먹은 아빠의 입에서 마늘과 고춧가루 냄새가 진동해 나는 얼굴을 찡그렸다. 아빠는 그걸 자기 맘대로 해석해 혼자 북 치고 장구 쳤다.

"내일? 모레? 진짜 그렇게 빨리 걸을 수 있어? 좋아. 올해 안에 우리 은영이가 걸음마 하든 아빠가 이 송아지 우리 은영이 준다고 약속혀. 자, 손가락도 걸고."

　그땐 송아지가 탐나서가 아니라, 아빠가 송아지와 날 비교하는 게 기분 나빠서, 몇 번이나 넘어지면서도 결국 일어나던 송아지한테 자극을 받아서 나는 아빠와 새끼손가락을 걸었고, 그날부터 열심히 다리에 힘을 줬다. 덕분에 난 며칠 후 혼자 걸을 수 있게 됐다. 아빠는 내가 한 발 한 발 걸음을 내디딜 때마다 박수를 치며 좋아했지만 송아지를 준다고 약속했던 말은 싹 닦아치웠다.

　프랑크의 엄마가 임신을 했을 때도 이제 송아지 태어나면 그건 네 거니까 네가 잘 돌봐야 한다고 말했으면서, 그래서 프랑크가 태어나기 전부터 난 송아지의 이름을 지어놨고, 송아지의 우유를 지키려고 파리들을 쫓았는데. 프랑크가 태어나고 나서는 내가 먹을 옥수수도 양보하고, 엄마 아빠 몰래 사과와 배도 많이 갖다줬는데, 왜 이제 와서 프랑크를 자기들 마음대로 팔려 하냐고!

　울음이 멈추질 않았다. 춘입이 다른 사람들보다 많은 걸 기억하고 있으면 슬픔도 더 많을 거 같다고 했는데 딱 맞는 말이었다.

　"그만 울어. 뚝! 은영아, 프랑크가 더 중요햐, 네 동생 혜영이가 더 중요햐?"

"당연히 프랑크지!"

"이 나쁜 기집애!"

엄마가 달려들어 덮치는 바람에 나는 헛간에 가득 쌓인 짚단 사이로 쓰러졌다. 엄마도 온몸에 지푸라기를 덕지덕지 묻힌 채 악을 썼다.

"애 입에서 잘못했다고 용서해달라는 소리 나오기 전에는 절대 집에 들어오게 하지 마. 밥도 주지 마. 평생 여기서 프랑크랑 지푸라기나 먹고 살게 해."

그럼 프랑크는 안 판다는 말이니까 괜찮은 조건이라 생각했다. 밥은 춘입한테 얻어먹으면 되지 뭐.

나는 춘입의 멍든 얼굴을 못 본 척해주었는데, 춘입은 눈물 콧물 범벅이 말라붙은 내 얼굴을 참을 수 없었는지 나를 데리고 샘가로 가 씻겨주고 화장품까지 발라줬다. 내 기분을 바꿔주려고 립스틱까지 발라줬다.

"헛간에서 자다 감기 들어. 집에 들어가기 싫으면 우리 집에 와. 여기서 나랑 같이 자면 되니까."

마음은 고맙지만 나에게는 더 좋은 생각이 있었다. 나는 춘입에게 립스틱을 빌려가지고 집으로 갔다. 엄마가 빨래를 너는 사이에 자고 있는 혜영이의 입술에 립스틱을 발랐다.

"엄마, 이제 됐어. 이제 혜영이 입술 안 파래! 병원에 안 가도 되고 프랑크도 안 팔아도 돼!"

웬일인지 이번에는 엄마가 부지깽이를 들지도, 빗자루를 들지도 않았다.

"그 립스틱은 어디서 났어?"

"춘입한테 빌렸어."

"색깔 이쁘다."

"엄마도 발라줄까?"

"그래."

엄마의 큰 입술에 립스틱을 바르는데, 아직 윗입술은 바르지도 못했는데 엄마가 날 껴안고 또 울음을 터뜨렸다.

"미안해. 은영아. 엄마가 미안해."

마음이 약해질 뻔했다. 이렇게 애절하게 사과하는데 지난 일은 용서해주고 감옥에는 보내지 말자 하는 생각까지 들 찰나, 아빠가 산통을 깼다.

"소장수가 80만 원에 가져가기로 혔어."

엄마 몸에 가려져 내가 있는 줄 모르고 아빠가 마루에 앉으며 기쁜 듯 소리쳤다. 동시에 나를 안고 있는 엄마의 팔에 잔뜩 힘이 들어갔다. 나는 나를 못 나가게 가둔 엄마의 팔뚝을 물어버렸다. 엄마가 비명을 지르며 나한테서 떨어질 때를 틈타 밖으로 달려나갔다. 아빠가 놀라 방 안으로 뛰어 들어오는 사이 외양간으로 달려가 문을 열었다. 아직 코뚜레를 하지 않아 묶여 있지 않은 프랑크를 외양간 밖으로 몰아냈다.

"빨리 도망쳐. 안 그럼 소장수가 널 데려갈 거야."

프랑크는 그게 무슨 뜻인지 모르고 멀뚱멀뚱 나만 바라보았다. 고개를 돌려보니 화가 난 아빠가 신발도 신지 않은 채 나에게로 달려오고 있었다. 이번에는 거짓으로 화난 척하는 게 아니라 진짜로 화가 난 얼굴이라 나는 발을 동동 굴렀다.

"가라고 빨리!"

난 춘입의 등을 때리던 법대생처럼 프랑크의 엉덩이를 때리며 소리쳤다. 나쁜 놈이라고 법대생을 욕했었는데, 엄마 아빠한테 맞는 것보다 프랑크를 때리는 게 더 아팠다.

"이 등신아, 빨리 가라고! 가란 말이야!"

엉덩이를 더 세게 때리며 내가 울부짖자 프랑크가 달려가기 시작했다. 내게로 오던 아빠가 대문 밖으로 뛰어나가는 프랑크를 보고 방향을 바꿨다. 나는 아빠가 프랑크를 못 잡도록 뒤에서 아빠의 허리를 잡고 매달렸다.

"안 돼. 프랑크는 절대 못 팔아!"

"은영이 너 진짜 혼나고 싶어!"

아빠가 처음 보는 험악한 표정을 지으며 날 밀쳤다. 그 바람에 나는 마당에 나가떨어졌지만 아픈 줄도 모르고 얼른 일어나 프랑크를 향해 달리기 시작했다. 자전거를 탄 아빠가 금세 날 제치고 프랑크를 바짝 뒤쫓았다. 나는 신작로를 향해 가는 프랑크를 보며 목청이 터져라 소리쳤다.

"잡히면 안 돼, 프랑크! 멈추지 말고 계속 가! 계속 가!"

내 말대로 프랑크는 멈추지 않고 계속 달렸다. 동네 길이 끝나고 차들이 다니는 신작로 앞에서도 멈추지 않았다.

아뿔싸, 프랑크는 외양간 밖을 나가본 적이 없어 찻길도 모르는데. 길을 반쪽으로 나눠 이쪽 길로는 차들이 오른쪽으로 가고, 저쪽 길로는 왼쪽으로 가는 것도 모르는데.

빵·빵·빵― 자동차의 요란한 경적음과 함께 프랑크의 모습이 보이지 않았다.

3

샘
아
저
씨

프랭크는 횡단보도도 아닌 길을 건너려다 달려오던 소
장수의 트럭에 치였다. 다행히 다리 하나만 부러지고 다른
데는 괜찮다고 했다. 프랭크는 깁스를 하고, 소장수는 프랑
크의 다리가 다 나으면 데려가겠다고 했다. 깁스를 하고 누
워 있는 프랭크를 볼 때마다 미안했다. 아무것도 모르는 프
랭크를 집 밖으로 몰아내 하마터면 죽일 뻔했으니까. 그런
데도 프랭크는 날 원망하지 않았다. 되게 혼날 줄 알았는데
엄마 아빠도 별로 야단치지 않았다. 죽지 않은 것만 해도 다
행이라고 모처럼 둘이서 똑같은 말을 주고받았다. 프랭크가
차에 치여 죽지 않아 다행이란 건지, 프랭크가 죽은 줄 알고
따라 죽으려고 도랑으로 몸을 던진 내가 다리만 긁히고 무
사해서 다행이란 건지는 모르겠다.

멍석의 할머니들이 말하는 해토머리가 됐다. 얼었던 땅

이 풀릴 무렵이란 뜻이다. 땅이 녹았으니 이제 샘을 파야 한다고 가지마오네는 분주했다. 수맥을 찾아 샘을 파주는 샘 기술자 아저씨는 우리 아빠보다 젊었다. 그래서 아빠는 삼촌이라고 부르라고 했지만 나는 춘입의 집에서 《톰 아저씨의 오두막》을 읽은 후라 샘 아저씨라고 불렀다.

샘 아저씨는 종종 우리 집에 와서 밥을 먹었다. 잠은 배밭의 창고에서 텐트를 치고 잤다. 가지마오네 샘을 파는데 왜 원수지간인 면장네 배밭에서 잠을 자는지 의아했는데, 가지마오네 밭에 샘을 다 파고 나면 면장네 배밭에도 샘을 파기로, 처음 샘 아저씨를 데리고 왔을 때부터 가지마오와 면장네가 그러기로 했다는 걸 나중에 알았다. 원수끼리도 때로는 협력할 때가 있는데, 그건 돈을 아낄 때라고 할마가 말했다.

가지마오는 우리 집에 올 때마다 샘 아저씨를 칭찬했다.

"요즘 그런 사람이 어딨냐. 그 돈의 몇 배를 준다고 해도 이 촌구석에는 오려고 하질 않는데. 게다가 경우는 좀 발라야지! 아직 춥다고 우리 집에 와서 자라고 해도 돈 받으며 일하는데 그런 민폐까지 끼치면 안 된다고 기어코 자기 텐트로 간다니께. 세상에 그런 기술자가 어딨어?"

"그런 줄 알면 담뱃값이라도 좀 챙겨주시지 만날 말로

만."

아빠는 가지마오가 안 들리게 돌아서서 구시렁댔다.

"내일이면 샘도 다 파니께 일 끝나믄 한상 잘 차려줘. 그 사람이 우리 집보다는 니 집을 더 편하게 생각허니께 내가 하는 것보담은 니가 하는 기 낫겠지."

가지마오가 조끼의 호주머니에서 돈을 꺼내 아빠에게 내밀었다.

"고기도 좀 사다가 구워주고. 에헴."

가지마오가 대문 밖으로 나가자마자 아빠가 흥분해 엄마를 찾았다.

"여보 여보! 저 양반이 죽을 때가 됐나벼. 평생 안 하던 짓을 다 하시네. 시방 돈을 주고 갔어."

"죽을 때가 된 게 아니고 살맛 나 그러는 겨. 아들이 별달았댜."

엄마가 혜영이를 업고 방에서 나오며 아빠가 들고 있는 돈을 가로챘다.

"진짜 가지마오 돈 맞네. 여기 작대기 하나에 동그라미 두 개 표시해놓은 거 봐."

가지마오가 가장 애절하게 〈가지 마오〉를 부를 때는 자기 주머니에서 돈이 나갈 때라고 했다. 마누라보다 자식보다 돈을 더 좋아해 자기 품에 들어온 지폐에는 자기만의 표식으로 '100'이라 써둔다고.

"근데 아까 그기 뭔 소리여? 뭔 별을 달아?"

"그 육사 나온 큰아들. 이번에 장군 돼서 별 달았다고! 대통령 다음으로 힘센 사람이 자기 아들을 끔찍이 아껴서 밀어준다고 큰어머니 자랑이 늘어지시더니, 우리한테 꼴랑 3만 원 주는 겨? 그동안 샘 기술자 데리고 다닌 수고비랑 밥값까지 합친 게?"

"가지마오한테 뭘 바라냐. 그래도 좋은 소식이네. 그 형이 우리 백가 집안에 인물은 인물이여. 별도 달고."

"별 달믄 뭐 햐? 그게 우리랑 무슨 상관이라고."

"왜 상관이 없냐. 나중에 우리 애들 크고 그러면 그래도 다 도움이 되지."

별 하나가 어떻게 날 도와준다는 건지 궁금했다. 일곱 개나 되는 북두칠성도 내 소원을 하나도 이뤄주지 못했는데.

동네방네 자랑하면 부정 탄다고 가지마오는 '아들이 별단 이야기'를 하지 말라고 백가네 일가한테 주의를 주었지만 윗마을 가장 끝자락에 사는 송가네 막내까지, 우리 동네에서 그 소식을 모르는 사람은 없었다. 백가네보다 송가네 사람들이 더 열을 올리며 퍼뜨렸다.

"육사가 최고여. 큰일 할라믄 육사를 나와야 된다니께."

"그려. 면장네도 법대가 아니라 육사를 보냈어야 돼야."

"으이그. 가지마오 아들이 먼저 떡하니 들어가 있는데 어떻게 육사를 보내남? 거기는 선후배 간에 엄청 빡시다는데 괜히 후배로 들여보냈다가 가지마오 아들한테 해코지당하믄 어떡할라고?"

"그거 피하려고 법대 가서 결국 손모가지 잘려 와?"

"그거야⋯⋯ 누가 그렇게 될 줄 알았나?"

"헛일이여 헛일. 고시고 뭐고 다 글렀다니께. 면장네도 그리 생각해서 어차피 이리된 거 대라도 이으라고 새 여자를 붙여준 건데 법대생이 그 여자마저 쫓아버렸댜."

"뭐여?"

"저런 등신 같은 놈! 어떻게 쥐도 못 먹냐."

"아휴, 아까워라. 살랑살랑 동네 한 번씩 왔다 가기만 해도 좋았는데 이제 그것도 끝장났구먼."

법대생의 새 여자가 떠났다는 말에는 송가네 남자들뿐만 아니라 백가네 남자들까지 아쉬워하고 분개했다.

"손모가지만 잘린 게 아니고 그것도 없는 거 아녀?"

"에헤이. 면장 어르신 들으믄 어쩔라고."

"어쨌든, 가지마오 아들은 별까지 달았는데 법대생이

그 모양이니 면장네랑 우리는 이제 끝난 겨."

그래서인지 송가네 아이들도 기가 팍 죽어 우리 앞에서 백충이라는 말을 하지 않았다. 향자는 우리 집에까지 와서 깁스한 프랑크를 구경하기도 했다.

"은영이 너 우리 집에 와서 책 읽고 싶으면 그래도 돼."

"그런 책들은 이제 시시해."

난 춘입의 집에서 알게 된 작가들의 이름을 향자에게 읊어주었다. 헤르만 헤세, 도스토옙스키, 로맹 가리, 톨스토이. 이름만으로도 멋지고 근사해 몇 번씩 땅바닥에 쓰고 외웠던 걸 그렇게 써먹었다. 향자는 입을 쩍 벌리고 아무 말 못했다. 애들뿐만 아니라 어른들의 반응도 똑같았다. 날 자기 이름도 못 쓴다고 무시하는 엄마 아빠도 내가 그 이름들을 말하면 입을 쩍 벌리고 서로의 눈치만 살폈다. 내가 정말 머리가 이상한 게 아닐까 심각하게 생각하는 것 같았다. 샘 아저씨만 달랐다.

"나도 좋아하는 작가들인데 네가 그 작가들을 안다고? 정말 그 책을 다 읽었어?"

"다 읽은 건 아니에요. 아직은. 프랑크 때문에 요즘은 책 읽을 시간이 없었어요."

사실이었다. 다리에 깁스를 해서 제대로 걷지 못하는

프랑크의 옆을 지키느라 나는 요즘 통 춘입에게 가지 못했다. 법대생이 새 여자를 쫓아버렸다니 이제는 집에 와 있을 거고, 그럼 춘입도 심심하진 않을 거란 판단도 한몫했다.

샘 아저씨는 나만큼이나 프랑크를 좋아했다.

"아주 참 잘생긴 놈이야."

프랑크를 볼 때마다 그렇게 말하며 프랑크의 머리를 긁어주었다.

"프랑크의 다리가 다 나으면 소장수가 데려가니까 계속 안 나았으면 좋겠어요."

"에? 그럼 프랑크가 너무 불쌍하잖아. 뛰지도 못하고."

"그래도 잡혀가서 죽는 것보단 낫잖아요."

소장수는 한 달이면 프랑크가 다 나을 거라고 했다. 한 달! 프랑크를 구할 수 있는 시간이 이제 한 달밖에 없었다!

나는 할마가 칠성님한테 기도하러 산에 갈 때 따라갔다. 캄캄한 밤에 갈 때는 무서운데, 특히 상엿집을 지나갈 때는 귀신이 나올 것 같아 그만 가고 싶은데, 할마는 골짜기 깊은 데까지 날 끌고 갔다. 북두칠성은 우리 집에서도 잘 보이는데 왜 굳이 산에 가야 하냐고 물으면 할마는 그게 '정성'이라고 했다. 정성을 다한다는 걸 칠성님한테 보여주어야 칠성님도 기도를 들어준다고. 그동안 내가 빌었던 소원들을 왜 안 들어줬는지 그제야 깨달았다. 멍석에 누워 껌이나 질겅거리며 소원을 빌었으니 칠성님도 괘씸했던 거다.

난 이번에는 정말 정성을 다하기로 했다. 그래서 산에 가기 전에 세수도 하고, 상엿집을 지날 때도 귀신 생각은 안 했다. 그렇게 한참 골짜기를 따라 더 올라가면 작은 물웅덩이가 나오는데 거기가 할마 기도처였다. 할마는 약수를 한 사발 뜨고, 집에서 가져간 쌀 깡통에 초를 꽂아 불을 붙이고 두 손을 모았다. 나도 그 옆에 무릎을 꿇고 앉아 내 동생 혜영이의 병을 낫게 해달라고, 고장 난 심장을 칠성님이 고쳐달라고 기도했다. 이번 소원만 들어주면 지금까지 빌었던 소원들은 다 안 들어줘도 된다고 통 크게 양보했다.

아침에 일어나면 혜영이의 입술부터 살폈다. 점점 더 빨개지는 것 같았는데, 병원에 다녀오는 엄마 아빠의 얼굴은 점점 더 검어졌다.

야속하게도 시간은 계속 흘러가는데, 왜 칠성님은 내 소원을 들어주지 않냐고! 그렇게 정성을 다했는데. 진짜로 진짜로 진심으로 기도했는데.

나는 화가 나 북두칠성을 향해 돌을 던졌다. 희숙이가 언니들이랑 냇가에 놀러 갔다가 더 좋은 공깃돌을 주웠다며 내게 준 공깃돌들이었다. 프랑크가 태어나던 날 우리가 가지고 놀았던 바로 그 공깃돌들이라 칠성님한테 삐치지만 않았으면 영원히 간직했을 것이다. 동글동글 반질반질한 다섯 개의 돌들은 북두칠성을 맞추지도 못하고 내 머리 위로 떨어졌다.

아야. 내가 죄 없는 돌들에게 복수의 발길질을 퍼붓고 있을 때 샘 아저씨가 다가왔다.

"프랑크, 아저씨가 살까?"

"예?"

"우리 아버지도 소를 키우시거든. 내가 사서 거기로 보내면 프랑크도 안 죽고 오래 살 수 있어."

"와, 정말요?"

"그래. 지금은 돈이 부족하지만 배밭에 샘까지 다 파고 돈 받으면 그땐 값을 치를 수 있을 거야."

와. 나는 너무 기뻐 장닭처럼 샘 아저씨에게 높이 뛰어올랐다. 샘 아저씨가 나를 번쩍 들어올려 목마를 태워주었다. 샘 아저씨의 키만큼 북두칠성과 더 가까워지니, 왜 혜영이의 입술이 여전히 파란지 알 것 같았다. 나는 혜영이의 병을 고쳐달라 기도를 했지만 내가 정말 바란 건 혜영이가 낫는 게 아니라 프랑크가 사람들에게 안 잡아먹히는 것이고,

그래서 칠성님은 내게 샘 아저씨를 보내주신 거였다.

　나는 감격에 겨워 아까 돌 던진 걸 머리 숙여 사과하고, 감사의 마음으로 일곱 개의 별을 향해 손을 흔들었다.

　아빠는 이미 소장수한테 팔기로 해 상도의상 프랑크를 샘 아저씨에게 팔 수 없다고 했지만 샘 아저씨가 소장수보다 10만 원을 더 주겠다고 하자 금방 말을 바꿨다.

　"소장수가 델구 가서 또 팔아버리믄 결국 도축장으로 갈 건데 그 생각하믄 나도 영 맘이 안 좋았어."

　뻥 치시네.

　그동안 잘 자고 잘 먹고 했으면서.

　샘 아저씨 같은 사람이 내 아빠면 얼마나 좋을까.

　샘 아저씨는 프랑크가 신선이 될 때까지 안 팔고 키우겠다고 나한테 약속했다. 그리고 내가 보고 싶으면 언제든 자기 집으로 프랑크를 보러 와도 된다고 했다.

　"아저씨가 샘 파러 가서 집에 없을 수도 있잖아요?"

　"아니. 나도 이제 떠돌이 생활 그만하고 아버지랑 소 키우려고."

　"정말요?"

　"응. 프랑크를 자주 보니까 소가 좋아졌어."

샘 아저씨의 말은 우리 아빠의 말과 달리 믿음직해서 안심이 됐다. 프랑크도 우리 아빠 같은 주인보다는 샘 아저씨 같은 주인이랑 사는 게 행복할 거 같았다. 프랑크가 좀 부럽기도 했다. 나는 앞으로도 무식하고, 자기가 한 말을 기억하지도 못하는 우리 아빠랑 살아야 하는데, 너는 샘 아저씨랑 살 수 있겠구나. 나도 차라리 송아지로 태어날걸.

프랑크 문제가 그렇게 잘 해결되니 그동안 만나지 못한 춘임이 궁금했다. 그사이 검은 나무줄기뿐이던 배밭이 초록색 새 잎들로 뒤덮이고, 춘임은 그 사이에서 하얀 석회를 뿌리고 있었다.

나도 도와주겠다고 했지만 한 삽을 떠서 드는 것도 힘겨웠다. 나는 대신 괭이를 들고 춘임이 배나무 밑에 퍼놓은 석회를 골고루 펴겠다고 했다. 내 키보다 더 큰 괭이를 드는 건 무리라고 춘임이 말렸다. 그냥 옆에 있기만 해도 된다고.

할 수 없이 삽자루를 밟고 올라서서 땅을 파고 놀았다. 삽에서 떨어지지 않고 삽과 함께 공중으로 뛰었다가 다시 삽을 땅에 박으면서 배나무를 셌다. 이 한 줄에만 해도 스무 그루가 넘는데 이런 줄이 열일곱, 열여덟, 열아홉 개나 되니, 언제 다 일을 끝낼 수 있을지 엄두가 안 났다.

"왜 혼자 일해?"

이제 새 여자랑 애기를 만드는 것도 아닌데 법대생은 왜 같이 일을 하지 않는지 나는 따졌다.

"왜 혼자야? 빼그녕 너도 같이 하잖아."

춘입은 내 말의 속뜻을 알면서도 모른 척했다. 내가 안 본 사이 춘입은 더 해쓱해지고 말라 한 삽 뜰 때마다 몸이 후들거렸다. 저러다 삽이 춘입을 들어 올리는 게 아닐까 싶을 정도였다.

"우리 아버님이 아프셔서 올해는 일이 더 많을 거야."

면장네 할아버지가 병원에 갔다 왔다는 소식은 나도 들었다. 하필 가지마오 아들이 별 달았다는 소문이 돌고 난 바로 그다음이라 사람들은 몸이 아픈 게 아니라 마음에 화병이 난 거라고 수군거렸다.

병이 나기 전에도 면장네는 배밭에 일절 나오지 않았다. 춘입이 오기 전에는 일꾼들을 시켜 했고, 춘입이 오고 나서는 춘입이 했다. 2만 평이나 되는 배밭을 춘입 혼자 감당할 수 없기에 때때로 우리 아빠와 동네 사람들이 동원됐다. 면장네가 주는 품삯보다 춘입이 해 오는 새참이 맛있어서 아빠는 가지마오의 구박을 받으면서도 배밭 일을 마다하지 않았다.

이번에는 가지마오의 샘이 아니라 배밭의 샘을 파는 거

라 샘 아저씨의 식사도 춘입이 준비해준다며 아빠는 밥때가 돼ㅒ도 집에 가지 않고 주책스럽게 샘 아저씨의 밥을 얻어 먹었다. 계속 그러기가 민망하고 눈치가 보이면 괜히 날 끌어들였다.

"우리 은영이가 여기서 노는 걸 원체 좋아해 집엘 가지 않으려고 하니…… 은영이 너 이제 밥만 먹으면 그만 가는 겨! 아빠 더 이상 못 기다려줘."

그럴 때마다 춘입은 날 보고 웃었지만 나는 아빠가 창피했다. 아빠가 먹을 줄 알고 밥과 반찬을 넉넉히 담아 온 춘입은 샘 아저씨가 함께 먹자고 해도 기어코 두 손을 젓고 집으로 돌아갔다. 나는 춘입이 면장네 집에서도 혼자 밥 먹는다는 걸 알고 있기에 아빠가 붙잡아도 춘입을 따라갔다.

면장네 집은 전보다 더 침울하고 어두웠다. 춘입의 방도 더 썰렁했다. 법대생은 안 보이고 법대생의 손가락만 있어 더 으스스한 기분이 들었다. 가라고 주먹질을 하는 법대생을 향해 춘입이 했던 말이 마음에 걸렸다.

'배꽃이 지면 오빠가 하라는 대로 할게.'

설마 배꽃이 지면 여길 떠나려는 거 아냐? 그때가 되면 프랑크도 없는데, 춘입마저 가버리면 난 어떡해!

흑, 가슴이 울컥해져 춘입이 김에 싸서 입안에 넣어주

는 밥이 목구멍으로 넘어가지 않았다. 김이 입천장에 달라붙어 떨어지지 않았다.

프랑크의 문제가 해결됐다고 좋아했는데, 이번엔 더 큰 일이었다. 다시 할마를 따라 칠성님한테 기도를 하러 가야하나, 너무 자주 소원을 빌면 되레 내 바람과 반대로 해주지 않을까, 동생들이 어질러놓은 방처럼. 그럴 때마다 엄마가 하는 말처럼 내 마음도 돼지우리가 따로 없었다. 거기다 아빠는 더 큰 똥을 싸버렸다.

3월이면 우리 식구는 다 내가 학교에 가는 줄 알고 있었다. 그런데 입학통지서가 오지 않았다. 희숙이나 향자네 집에는 왔는데 우리 집에만 오지 않았다. 어떻게 된 일인지 알아보러 갔던 아빠는 내 출생신고를 늦게 해서 내년에나 학교에 갈 수 있다고 했다. 황당했다. 이제 곧 학교에 간다고 엄마가 가방까지 사다 줬는데, 그래서 나도 학교에 다닐 마음의 준비를 다 하고 있었는데, 한글을 쓸 줄 모르는 희숙이도 학교에 가는데, 나만 안 된다고? 그것도 아빠가 내 출생신고를 까먹고 한 달이나 늦게 해서? 그래놓고 그 사실마저 잊고 1년 전부터 학교 타령을 하며 나한테 헛바람만 잔뜩 집어넣다니!

오래전부터 우리 엄마 아빠의 기억력에 대해서는 포기하고 있었지만 이번에는 그냥 이해하고 넘어갈 수가 없었다. 안 그래도 마음이 돼지우리같이 지저분한데 아빠까지 왕똥을 싸버려 나도 더 이상 참을 수 없는 한계상황에 이른 것이다. 몸에서 열이 나고 목이 부어 침도 삼킬 수 없었다. 아무것도 하고 싶지 않았다. 그냥 이대로 콱 죽어버릴까. 이제 같이 놀 희숙이도 향자도 없는데 프랑크도 가고 춘입도 떠날지 모르는데 살아서 뭐 하나 싶었다.

할마가 아니었으면 나는 죽었을지도 모른다. 할마가 정성을 다해 나를 낫게 해달라 칠성님께 비는 바람에 죽고 싶은 나와 나를 살리려는 칠성님이 한바탕 씨름을 했는데, 내가 지고 말았다. 할마는 아직 프랑크와 춘입이 떠나지도 않았는데 미리 절망하면 안 된다고 했다. 나는 나를 살린 대신 배꽃이 피지 않게 해달라고 칠성님께 기도했다. 그래도 배꽃이 필까봐 매일매일 마음이 조마조마했다.

샘 아저씨가 처음에 정한 샘 자리에서는 물이 나오지 않았다. 땅속 깊이 박아놓은 파이프에서 물은 나오지 않고 준수가 콧물 삼키는 소리처럼 쿨럭거리는 소리만 났다. 수맥이 약해서라고 했다. 수맥이 더 좋은 곳도 많은데 면장네

가 배밭 한가운데를 원해 최대한 맞춰주려고 하다가 실패했
다며 파이프를 뽑아내고 다시 다른 자리에 파이프를 박아야
한다고 했다.

초록색으로 물든 배밭에 하얀 꽃망울들이 점점이 자리
잡기 시작했다. 역시 산에 올라가지 않고 기도를 해 칠성님
이 정성 부족으로 내 기도를 까버린 모양이었다. 두 번째로
판 샘에서는 물이 콸콸콸 쏟아져 나왔다. 면장네도 오랜만
에 배밭에 나왔다. 면장 할아버지의 얼굴은 전보다 더 까매
져 있었다.

그날 샘 아저씨는 날 아저씨의 트럭에 태우고 냇가에
갔다. 트럭에 올라가고 내릴 때 아저씨가 날 번쩍 안아주는
게 좋았다. 그럴 때마다 내 몸이 풍선처럼 가벼워지는 것 같
았다. 나는 노란색 풍선을 좋아한다. 개나리처럼 노란색 풍
선을 불면 풍선이 점점 커질수록 색깔이 옅어지는데, 애기
똥풀 줄기를 딱 끊었을 때 나오는 노란색이 될 때까지만 불
면 빵 터질 염려도 없다.

아저씨는 낚싯대를 걸쳐놓고 냇물에 들어가 올갱이(다
슬기)를 주웠다. 겨우내 사람들의 손이 닿지 않아 살이 찐 올
갱이들은 내 손가락만 했다. 나도 따라 들어가겠다고 하자
아저씨가 내 신발을 벗기고 날 번쩍 안아 얕은 냇물 속에 내

려놓았다.

"더 들어오면 안 되고 여기서 놀아야 돼."

냇물은 차가웠다. 봄 햇살이 따뜻해 그래도 춥진 않았다. 모래를 밟고 가만히 서 있으면 사라락사라락 내 발밑에서 작은 모래 알갱이들이 빠져나갔다. 간질간질, 점점 모래 속으로 발이 빠지는 느낌이 좋아 나는 자리를 옮겨 다녔다. 발밑에서 모래랑 다른 딱딱한 게 느껴지면 손가락으로 파냈다. 조개들이었다. 내가 샘 아저씨에게 조개를 보여주자 샘 아저씨는 자기 두 손을 잡으라고 했다. 아빠가 프랑크의 엄마를 데리고 밭을 갈듯이 나는 앞서 걸어가는 아저씨의 두 손을 잡고, 두 발로 모래를 팠다.

"이랴이랴 으저저저."

아빠처럼 소리를 치자 샘 아저씨가 정말 소처럼 '음메' 하고 울었다. 검고 긴 조개와 노랗고 세모난 조개가 모래 밖으로 얼굴을 내밀었다.

아저씨가 세워둔 낚싯대에도 물고기가 걸렸다. 벌겋고 사납게 생긴 것이 꼭 가지마오를 닮았는데 아저씨는 쏘가리라고 했다. 아저씨 고향에서도 많이 잡았던 거라고.

"아저씨 고향이 어딘데요?"

"이 냇물을 따라 쭉 올라가면 보은이라는 곳이 있는데

거기가 내 고향이야. 이 냇물이 거기서부터 쭉 흘러오다가 여기서 휙 꼬부라져 저 아래로 흘러 금강으로 가거든.

"와, 아저씨는 정말 유식하다."

"유식하다는 말도 알고 네가 더 유식한데."

우리는 엄마 아빠처럼 서로를 비난하는 게 아니라 서로를 칭찬해주느라 한참을 싸웠다. 아저씨가 춘입에게 빌려 온 양은솥을 돌 위에 걸고 나는 마른 나뭇가지들을 주워 왔다. 엄마는 비싸다고 잘 끓여주지도 않는 라면을 샘 아저씨는 세 봉지나 가져왔다.

"춘입도 같이 왔으면 좋았을 텐데."

냇가에 오기 전에 샘 아저씨는 혹시 춘입도 같이 가겠냐고 물어보라고 나한테 시켰었다. 그래서 나는 같이 가자 졸랐는데 춘입은 할 일이 많아 안 된다고 했다. 라면이 세 봉지인 걸 보니 샘 아저씨는 춘입도 올 줄 알았던 것 같았다.

"넌 그 여자랑 어떻게 친하게 됐니?"

"음. 그냥 처음부터 반말을 했어요."

"어?"

"어차피 우린 친구가 될 거니까. 춘입도 나랑 똑같은 생각을 했대요."

샘 아저씨가 낮은 문으로 들어가다 문틀에 머리라도 부

딪힌 듯한 표정을 지었다.

"와, 둘 다 멋진데! 나도 거기 끼워주면 안 될까?"

"글쎄요. 춘입이랑 한번 얘기해볼게요."

"잘 부탁드리겠습니다."

샘 아저씨가 애들처럼 배꼽인사를 했다. 끓는 물에 라면도 세 봉지나 넣었다. 난생처음으로 꼬불꼬불한 라면을 실컷 먹었다. 집에서 엄마가 끓여주는 라면은 꼬불꼬불한 라면보다 국수가 많고, 그나마 꼬불꼬불한 것도 다 아빠랑 준수 그릇에 들어가고 내 그릇에는 몇 가닥 넣어주지도 않는데, 샘 아저씨는 완전히 꼬불꼬불한 라면을 한가득 퍼주었다.

"내일 프랑크도 깁스를 푼다더라."

맛있는 라면이 더 이상 들어가지 않았다.

벌써 한 달이 지났구나.

그럼 샘 아저씨 일도 끝났으니 이제 프랑크와는 헤어지겠구나. 라면을 다 먹지도 않았는데 왜 그런 말을 해가지고.

라면도 내 마음도 퉁퉁 불어갔다.

"은영아. 아저씨 여기 좀 더 있다 갈까? 그럼 너도 프랑크와 더 같이 있을 수 있잖아."

"좋아요!"

"그래. 그럼 네가 날 좀 도와줘야 하는데."

"어떻게요?"

내가 잡은 조개는 한주먹도 안 됐지만 샘 아저씨는 버리지 않고 다 챙겼다. 그래서 샘 아저씨가 더 좋아졌다. 샘 아저씨가 잡은 물고기와 올갱이도 춘입에게 빌려 온 솥에다 담았다. 아저씨는 다시 날 번쩍 안아 트럭에 태웠다. 아까보다 더 크게 풍선이 부풀었다.

"은영이, 아저씨가 널 얼마나 이뻐하는지 알지?"

잡지책에서 봤다. 이런 걸 고백이라고 하고 영어로는 프러포즈라고 한다. 오늘은 내가 태어난 지 2391일째 되는 날, 나는 남자한테 첫 프러포즈를 받았다. 내 가슴을 부풀게 하는 풍선은 이제부터 노란색이 아니라 빨간색이다. 하트는 빨간색이 더 잘 어울리니까. 아저씨가 한 마디 한 마디 할 때마다 내 빨간색 풍선이 점점 더 부풀었다. 빨간색 풍선은 노란색 풍선보다 더 크게 불어도 잘 안 터진다. 희숙이 얘기지만.

냇가에 갈 때는 한참이나 걸렸는데, 순식간에 우리 동네에 도착했다.

아저씨는 배밭 앞에 트럭을 세우고, 내 손을 꼭 쥐었다.

"아까 아저씨가 말한 거 잘할 수 있지?"

"그럼요!"

나는 문을 열고 내릴 수도 있지만 아저씨가 문을 열고 나를 번쩍 안아 내려줄 때까지 기다렸다가 내 동생 혜영이보다 더 큰 양은솥을 들고 면장네로 갔다. 춘입은 솥을 열어 보고 눈을 동그랗게 떴다.

"와, 많이 잡았네. 아버님이 올갱이국 되게 좋아하는데."

"올갱이가 간에 좋대. 샘 아저씨가 그랬어."

"그래. 정말 고맙다고 전해줘."

"지금 안 갈 건데."

"응?"

"조개는 내가 잡았으니까 나도 여기서 저녁 먹고 갈 거야."

샘 아저씨가 내게 준 임무를 완수하기 위해서는 시간이 필요했다. 춘입이 의아하게 날 보다가 웃었다.

"잘됐다. 그럼 이따가 올갱이 좀 까줘."

춘입은 저녁상에 올갱이국을 올리겠다며 텃밭으로 분주하게 움직였다. 춘입이 씻어 담가놓은 올갱이들이 대야에 얼굴을 바짝 대고 달라붙은 채 기어다녔다. 그것들이 대야 밖으로 탈출하려고 하면 나는 얼른 잡아서 다시 아래로 던졌다.

춘입이 뜯어 온 아욱과 부추를 씻고 솥에 된장을 풀었다. 올갱이들이 다시 껍질 속으로 들어가기 전에 얼른 뜨거운 된장국 속에 잠수시켰다.

"이래야 나중에 껍질 까기가 쉬워."

올갱이국 끓는 냄새가 구수해선지 방에 있던 면장 할머니까지 밖으로 나왔다.

"이리 마루로 가져와라. 내가 까줄 테니."

그 말에 춘입은 다 익은 올갱이를 소쿠리에 건져 담고 탱자나무 가시를 따가지고 왔다. 두 개가 아니라 세 개였다. 나와 춘입은 면장 할머니랑 같이 올갱이를 까기 시작했다.

"어디서 사 왔냐?"

"사 온 게 아니고……"

"샘 아저씨랑 제가 주워 온 거예요. 샘 아저씨는 못하는 게 없어요. 농사도 잘 짓고 과수원 일도 많이 해봤대요. 고향에서."

"낮에 보니까 일 매무새가 깔끔하더라. 그런 사람이 우리 배밭 일도 해주면 좋은데."

그 말 때문에 너무 흥분해 탱자나무 가시로 내 손가락을 찔렀다. 손에서 빨간 피가 나와 이슬처럼 동그래졌지만 전혀 아프지 않았다.

"아저씨보고 해달라고 하세요. 아저씨도 이제 할 일 없대요."

면장 할머니가 말없이 까놓은 올갱이들을 한 종지 담더니 방으로 가지고 들어가며 춘입에게 툭 던졌다.

"그 사람한테 우리 배밭 일 좀 해줄 수 있는지 물어봐라."

와우!

얼른 샘 아저씨에게 달려나가 이 소식을 전해주고 싶어 올갱이를 제대로 깔 수가 없었다. 자꾸만 올갱이 대신 내 손가락을 찔러 피가 나왔다.

"나 그만 집에 갈래."

"아깐 밥 먹고 간다더니?"

춘입이 이상하다는 표정으로 나를 보았다.

"아까 라면을 많이 먹어서 배 안 고파. 샘 아저씨가 세 개나 끓여줬어. 그런데 둘이 먹기엔 너무 많아 남겼어. 아저씨가 다음엔 춘입도 같이 먹으면 좋겠다고 그랬어."

나는 후다닥 그 말을 마치고 신발도 짝짝이로 신은 채 면장네에서 나와 배밭으로 달려갔다. 아저씨는 창고에 있던 텐트를 접고 있었다.

"아저씨! 됐어요, 됐어!"

샘 아저씨가 멈칫했다.

"면장 할머니가 아저씨한테 배밭 일을 도와달라 하라고 춘입한테 말했어요!"

샘 아저씨가 다시 날 번쩍 안아 들고 한 바퀴 빙 돌았다.

"역시 넌 정말 보통 아이가 아니구나!"

더 불면 풍선이 빵 터질 것 같아 겁나지만 그래도 풍선을 입에서 뗄 수 없어 계속 불고 있을 때처럼 가슴이 콩닥콩닥 뛰었다. 아저씨가 나를 땅에 내려놓았을 때도 가슴속 풍선이 너무 커져 나까지 날아갈 것 같아 신발에 힘을 꽉 주었다. 날 특별하다 인정해주고 사랑해주는 사람이 있다는 게 이렇게 행복할 줄이야. 춘입이나 할마도 나한테 칭찬을 해주지만 샘 아저씨가 해주는 게 더 기뻤다.

교통사고가 난 지 29일 만에 프랑크는 깁스를 풀었다. 다리를 다친 후, 프랑크는 마당 한쪽에서 쭉 짚을 깔고 지냈는데 이제는 다시 일어설 수 있어 외양간으로 돌아갔다. 샘 아저씨 덕분에 프랑크와 당장은 헤어지지 않게 됐지만, 언젠가는 헤어져야 한다는 생각을 하면 마음이 안 좋았다. 그것도 모르고 이제 다리가 다 나았다고 좋아하는 프랑크를 보면 심통이 났다. 프랑크 앞에서 감자를 먹을 때도 프랑크한테는 하나도 안 주고 약만 올렸다. 프랑크가 먹고 있는 사

료까지 빼앗아 도랑물에 던져버리고 싶었다. 그 얘기를 하니까 춘입은 평소답지 않게 얼굴을 찌푸렸다.

"이 세상을 살아가는 모든 것들은 언젠가 이별을 할 수밖에 없는 거야."

그걸 누가 모르나.

다른 때와 달리 어른인 척하는 춘입이 마음에 들지 않았다.

"중요한 건 이별을 잘하는 거야. 그건 공부를 잘하는 것보다, 성공하는 것보다 더 어려워. 그래서 나는 이별을 잘하는 사람들이 제일 훌륭하다고 생각해."

"그럼 춘입은?"

"나? 나는 아주…… 실패했지……"

춘입이 저 아래에 있는 신작로를 쓸쓸하게 바라보았다. 춘입이 누구와의 이별을 말하는지 궁금했지만 내가 물어보기 전에 춘입이 선수를 쳤다.

"하지만 빼그녕 너는 특별한 사람이니까 이별도 아주 멋지게 잘할 거야."

춘입은 나를 너무 잘 안다. '특별한'이라는 말을 붙이면 내가 춘입의 말을 거스를 수 없다는 것까지 알고 있다.

춘입의 말대로 이별을 잘하기 위해 나는 매일 프랑크를

보면서 이별 연습을 했다.

"어디 가든지 잘 먹고 잘 살고 있어야 돼."

매번 똑같은 말을 하는데도 할 때마다 목이 메어 눈물이 날 것 같았다. 프랑크가 처음 태어나던 날부터 오늘까지 있었던 일들이 영화처럼 눈앞에 펼쳐져 눈을 꾹 감고도 해봤지만 소용없었다. 눈을 감으면 불을 끄고 티브이를 볼 때처럼 그 장면들이 더 선명해졌다. 그래도 프랑크에게는 눈물을 안 보여주려고 나는 배밭으로 갔고, 날씨가 따뜻하다고 창고 대신 배밭에 쳐놓은 샘 아저씨의 텐트에 들어가 실컷 울었다. 그러다보면 나도 모르게 잠이 들 때도 있었다. 배꽃들이 하얗게 핀 그날도 그랬다. 낮에 잠이 들었는데 눈을 뜨고 보니 밤이었다. 춘입도 샘 아저씨도 내가 이곳에 있는 줄 몰라 깨워주지 않은 모양이었다.

밤이라도 하얀 배꽃들이 활짝 펴 어둡지 않았고 할마를 따라 상엿집도 몇 번씩이나 지나다녀 간이 커진 탓인지 무섭지도 않았다. 배나무 아래로 내려온 두 개의 신발을 보기 전까지는.

텐트를 열고 나가려다 나는 주저앉았고, 뒤늦게야 나무 아래로 떨궈진 두 개의 다리 위로 사람의 몸통과 얼굴이 있다는 걸 알게 됐다. 샘 아저씨였다. 그런데 춘입의 웃음소리가 들렸다. 내가 그동안 들었던 웃음소리와는 좀 달라서 낯설었다. 샘 아저씨가 앉아 있는 배나무의 맞은편 가지에 춘입이 서 있었다.

아직까지도 일이 안 끝났나.

놀란 가슴을 가라앉히고 고개를 더 내밀었지만 두 사람이 배나무에서 일을 하는 것 같지는 않았다. 텐트에서 몇 나무 떨어진 곳이라 아저씨가 무슨 말을 하는지는 안 들리는데, 그럴 때마다 춘입이 까르르 웃는다는 건 알 수 있었다. 양쪽으로 쫙 팔을 펼친 배나무의 한 가지에 앉아 있던 샘 아저씨가 춘입이 앉아 있는 가지로 옮겨 가는 게 보였다. 샘 아저씨의 무게 때문에 아래로 축 처져 있던 배꽃들이 위로 올라가며 꽃잎이 흩날려 하늘에 있는 북두칠성까지 날아갔다. 잠시 후, 춘입 쪽의 줄기가 '툭' 소리를 내며 아래로 꺾였다. 샘 아저씨가 춘입을 뒤에서 안은 채 땅 위로 떨어지고, 부러진 채 달랑거리던 배꽃 가지가 두 사람을 가렸다. 북두칠성까지 날아갔던 꽃잎이 그 위로 쏟아졌다.

4

스
프
링
클
러

춘입은 그날 왜 샘 아저씨와 배나무에 올라갔는지 말하지 않았다. 내가 묻기 전에 먼저 얘기해주길 바랐는데 말도 꺼내지 않았다. 내가 왜 여기 배나무 가지가 부러졌냐고 은근슬쩍 떠봐도 엉뚱한 대답을 했다.

"오래된 가지는 바람이 불면 잘 부러져."

피. 바람이 불어서가 아닌데.

부러진 배꽃 가지가 춘입을 안은 샘 아저씨를 가려주는 동안, 나는 살금살금 배밭을 빠져나갔다. 다른 때와 다른 춘입의 웃음소리 때문에 '색시'가 생각났고, 여자는 색시일 때 가장 행복하다는 할마의 말이 떠올랐다. 나쁜 놈한테 맞고, 면장네한테 구박만 받는 춘입도 행복할 권리가 있지 않을까. 나는 춘입의 행복을 방해하지 않으려고 배밭을 조용히 빠져나갔다. 그런데 작은 가시에 찔린 것처럼 내 가슴속 빨간 풍선에서 바람이 조금씩 빠져나갔다. 허전하고 기운이 쭉 빠져, 배밭을 빙 둘러싼 울타리를 다 빠져나가서도 한동안 집에 가지 못하고 서 있었다. 나와 반대쪽 울타리에서 춘입과 샘 아저씨 쪽으로 걸어가는 한 남자가 보였다. 밤이라 얼굴은 잘 보이지 않았지만 그 남자의 그림자 때문에 나는 그가 법대생이란 걸 알았다. 그림자의 한 팔도 손이 없었으니까.

하지만 춘입이 내게 그날 밤 샘 아저씨와 있었던 일을 이야기해주지 않아 나도 법대생을 봤다는 말을 하지 않았다.

샘 아저씨는 가물 때를 대비해 샘에서 끌어올린 물을 배밭 전체에 퍼질 수 있게 기계를 만든다고 바빠 내가 하는 말을 건성으로 들었다. 그러면서도 가끔씩 일하다 말고 담배를 피운다는 핑계로 그날 밤 부러진 배꽃나무를 찾아갔다. 벌들이 잉잉거리며 그 주위를 맴돌았다.

"이 나무를 경계로 이쪽과 저쪽은 다른 품종의 배나무들이 심어져 있대. 배나무는 한 품종만 있으면 절대 수분受粉이 안 돼서 벌들이 이쪽과 저쪽을 오가면서 꽃가루를 옮겨주어야 배가 달린대."

나도 춘입에게 똑같은 이야기를 들어 다 알고 있는 사실이었다. 그래서 그게 뭐 그렇게 대단하고 신기하다고 여기지 않았는데 샘 아저씨는 몇 번이나 그 얘기를 반복하며 감탄했다. 그럴수록 배알이 꼴렸다.

"아저씨 어제도 그 얘기 했었거든요."

"정말?"

"오늘로 벌써 다섯 번째예요."

"진짜?"

샘 아저씨가 배꽃처럼 하얗게 웃었다. 점점 춘입의 웃음을 닮아가는 것 같아 보기가 싫었다. 날 좋아한다고 고백했으면서 이렇게 금방 변심을 할 수 있는지. 할마 말대로 남자의 말은 믿을 게 못 되나보다. 게다가 왜 하필 그 상대가 내 친구 춘입이냐고!

당장 샘 아저씨와 절교하고 싶지만 샘 아저씨 때문에 행복해 보이는 춘입 때문에 마음이 싱숭생숭하다. 할마는 칠성님한테만 정성을 바치는 게 아니라 자기가 좋아하는 사람한테도 정성을 바쳐야 한다고 했다. 그럼 손도 하나밖에 없는 나쁜 놈한테 맞고 사는 춘입한테 샘 아저씨를 양보하는 게 친구로서는 맞는 것 같은데, 모기에 물린 것처럼 자꾸 가슴이 따끔거린다. 그날 밤 가시가 내 가슴속 빨간 풍선만 찌른 게 아니라 내 살도 찔렀나보다. 그 생각을 하니까 좀 정리가 됐다. 풍선은 이미 구멍이 났고, 구멍 난 풍선은 아무리 반창고를 붙여봤자 다시는 못 쓴다. 차라리 더 크게, 터질 때까지 부풀다가 하늘에서 '빵' 하고 터졌으면 좋았을걸. 에잇, 다시는 빨간 풍선을 불지 말아야지.

실연의 아픔을 잊어보려고 나는 애기똥풀을 뜯어 줄기에서 나오는 노란색 진물로 손톱에 매니큐어를 발랐다. 분명 노란색인데 손톱에 바르고 나면 별로 노란색 같지가 않아서 몇 번이나 덧칠을 하고 있는데, 법대생이 다가왔다. 의수를 하고 있지 않으면 손이 없어서, 의수를 하고 있으면 그 하얗고 큰 손이 무서워서, 나는 그를 볼 때마다 가슴이 철렁했는데 이번에는 전보다 더 그랬다. 죄지은 것처럼 눈을 마주치지 못하고 그가 그냥 지나가길 바랐는데, 법대생이 걸음을 멈추고 말을 걸었다.

"네가 삐그녕이지?"

나는 고개를 끄덕였다.

"동생은 이제 안 아프니?"

샘 아저씨는 보름 전에 면장네에게 돈을 받았다며 아빠에게 프랑크 값을 치렀다. 그 돈을 세며 엄마는 고개를 갸웃했다.

"이상허네. 면장네가 준 돈이라고 했는데 어쩨 가지마오의 돈 표시가 돼 있을까."

"가지마오한테도 샘을 파줬으니께 그때 받은 돈이 섞여 있겠지."

"그럼 누가 이상하다고 햐? 돈마다 다 표시가 돼 있으니께 허는 말이지. 봐봐, 여기 다 100이라고 써 있잖어."

"그러네. 면장네가 가지마오한테 돈을 빌렸나?"

"픽이나. 그런다고 빌려줄 사람이여?"

어쨌든 그 돈을 가지고 엄마는 혜영이를 데리고 서울로 올라갔고, 가지마오의 아들이 훌륭한 의사를 알아봐줘 수술도 아주 잘됐다고 했다. 사촌 형이 별을 다니까 사람들의 대우가 달라졌다며 아빠는 그 후로 준수를 장군이라고 부르기 시작했다. 너도 꼭 육사를 가서 별을 달아야 한다고 시시때때로 말하는 걸로 모자라 잠꼬대까지 했다.

"혜영이는 수술받아서 이제 괜찮대요."

난 법대생과 친해지고 싶지 않아 일부러 존댓말을 했다. 샘 아저씨한테도 존댓말을 하지만 그건 이것과 다르다.

"그래? 다행이구나."

법대생이 그렇게 말하며 내 머리를 쓰다듬었다. 왼손이라 의수도 아니고, 손가락이 없는 것도 아닌데 뱀이 내 머리 위에 똬리를 튼 것처럼 온몸에 소름이 돋았다.

"그새 많이 컸구나."

법대생이 알 수 없는 말을 하고 갔다. 프랑크의 혀가 핥았을 때처럼, 법대생의 손이 만졌던 머리에 그의 촉감이 징그럽게 계속 남아 나는 몇 번이나 머리를 감았다. 그 바람에 손톱에 칠했던 애기똥풀 매니큐어도 다 지워졌다.

샘 아저씨는 일을 하면서 휘파람을 불었다. 아저씨와 반대쪽에서 일을 하는 춘입과 내 귀에까지 그 소리가 들렸다. 오전 일을 하고 우리는 같이 배밭에서 밥을 먹었다. 자기네 농사일이 바빠 동네 사람들은 배밭에 올 틈도 없어 매일매일 우리끼리 오붓한 시간을 보냈는데, 어느 날은 배밭을 돌아 밭에 가던 아빠가 우리를 발견하고 "한식구 같다야" 라고 말을 했다. 솔직히 엄마 아빠랑 집에서 밥을 먹는 것보다 샘 아저씨와 춘입과 같이 밥을 먹는 게 좋았는데, 춘입도 샘 아저씨도 얼굴이 빨개져 먼 산만 바라봤다.

"산에 고사리가 한창 필 땐데 우리 잠깐 산에 갔다 올까요?"

샘 아저씨가 춘입에게 말하고 내게 눈치를 줬다. 무조건 '좋아요'를 해야 하는 타임인 줄은 알고 있었는데 왠지 말이 나오지 않았다. 내 머리 위에 법대생의 손이 놓여 있는 것 같았다. 나 대신 춘입이 대답했다.

"좋아요."

두 사람만 보낼 수는 없어 나는 함께 가겠다고 했다. 뒷산으로 올라가는 길에 진달래가 잔뜩 피어 있었다. 샘 아저씨는 진달래꽃을 따서 내 입에 넣어주었다. 춘입에게 넣어주고 싶은데 그러지는 못하고 가운데 있는 나한테 주는 것 같아 기분이 그렇게 썩 좋지는 않았다.

"진달래꽃 뒤엔 문둥이들이 숨어 있다가 은영이 너 같은 아이들이 오면 확 잡아먹으니까 혼자 진달래 따러 다니면 안 된다."

피. 어른들이 애들 겁주려고 지어낸 말인 거 내가 모를 줄 알고. 샘 아저씨는 우리 아빠와 다른 줄 알았더니 아닌 것 같아 조금 실망스러운데, 춘입은 그렇지 않은 모양이었다.

"나도 어렸을 때 잡아먹힐 뻔했어. 여기 정수리에 흉터 있지? 이게 그때 도망치다 생긴 거야."

와, 진짜 쌍으로 노는구나.

난 하나도 재미없는데 춘입과 샘 아저씨는 한참을 웃어 댔다. 산에서도 나보다 더 가까이 붙어 다니며 고사리와 산나물을 뜯었다. 법대생과 달리 손이 두 개 다 있는 샘 아저씨는 가파른 산도 덥석덥석 잘 올라가 밑에 있는 춘입에게 손도 내밀었다. 춘입은 그럴 때마다 샘 아저씨의 손을 잡지 않고 옆에 있는 나무들을 잡고 올라갔다. 그 때문에 기분이 좀 좋아졌다.

피, 샘 아저씨 쌤통이다.

산에 올라갈 땐 내가 가운데 서고 나란히 줄을 맞춰 갔지만 내려올 때는 나와 춘입이 팔짱을 끼고, 샘 아저씨는 뒤에 떨어져서 걸었다. 나는 가끔씩 샘 아저씨를 돌아보며 '메롱' 하고 놀렸는데 샘 아저씨는 고개를 처박고 있어 나를 보지 못했다.

다른 동네는 어떤지 몰라도 우리 동네는 배밭에 하얀 배꽃이 펴야 '이제 봄이구나' 했다. 겨우내 두꺼운 옷을 입고 있던 사람들은 그제야 봄옷으로 갈아입었다. 배밭이 동네 한가운데를 차지하고 있어 배꽃이 만개하면 밤에도 스탠드를 켜놓은 것처럼 온 동네가 환했는데, 그래서인지 무더운 여름에만 펼쳐지는 멍석도 그때는 한시적으로 다시 펼쳐졌다. 가을 겨울이 지나는 동안 세상을 떠난 할머니들 때문에 멍석은 지난여름보다 자리가 널널했다. 남은 할머니들도 더 작아지고 쪼그라들어 그들의 목소리를 들으려면 귀를 더 바짝 세워야 했다.

"면장이 아프다던데 무슨 병이랴?"

"병원에서도 잘 모른다나벼. 그러니께 약도 못 먹고 사람 꼴이 점점 안돼가데. 오래 못 살겄어."

"그 집 양주兩主들이 예전부텀 다 명이 질지 못했어. 면장 아버지 그 양반도 환갑도 안 돼 죽었잖어."

"그 양반은 병들어 죽은 기 아니잖어."

"어쨌든 명이 짧으니 그래 죽은 기지."

"그렇게 말하믄 가지마오네도 마찬가지지. 가지마오 빼고 오래 산 사람이 어딨어?"

"왜, 가지마오네 할아버지에 아버지, 그러니까 우리 시당숙은 이 일대에서 노익장으로 유명했다는디. 안 그려요 할마?"

할마는 자고 있어 아무 대답도 하지 않았다. 요새 할마는 안 잘 때보다 잘 때가 더 많았는데, 앉아 있을 때도 눈을 뜨고서도 잠을 잤다.

"할마씨 또 주무시나보네. 어쨌든 그 양반이 배꽃을 그리 좋아해 저 밭을 배밭으로 만들었다는 거 아녀. 하얗게 배꽃이 피면 밤잠도 안 주무시고 좋아서 술로 밤을 지새셨댜."

"그 배나무들이 지금까지 살아 있다고?"

"그럼. 사람만큼 오래 사는 기 배나무랴."

"내 들기론 그게 아닌디. 우리 송가네 큰할아버지가 일본에서 온 종자를 사다 심었다더구면. 옛날에 있던 배나무는 돌배라 크기도 작고 맛도 없었댜."

"그건 송가네 사람들이 하는 말이고, 우리 백가네가 원래 저 배밭의 주인이었으니께 우리가 잘 알지. 원래 배나무는 접을 붙여야 되는 기라 처음 배밭을 만들 때도 산에 있는 돌배나무랑 봉산배를 접붙여서 심었는디 그때 그 배가 크기는 그렇게 크지 않아도 그렇게 맛있었댜."

"아니라니께. 우리 송가네가 처음 이 동네에 자리를 잡고 배밭도 만든 겨. 백가네는 나중에 들어왔고. 그래서 동네 이름도 송백리 아녀?"

"말도 안 되는 소리 헌다. 옛날에 어느 양반이 산동네에 집을 짓고 사나? 아랫마을에 우리 백가네가 자리를 잡고 살고 있었으니께 송가네가 윗마을에 하나둘 기어들어온 거지."

"기어들어오는 거 좋아헌다. 상전이 윗마을에 살지 어떻게 아랫것들이 윗마을에 살어?"

"숭악한 것들."

자고 있던 할마의 잠꼬대에 할머니들은 조용해졌다.

"그거 가지고 싸우다 또 총 맞아 죽을라고 그라냐? 죄 없는 배밭에 또 피를 뿌리고 싶어?"

할머니들이 움찔했다. 할마가 못 듣게 자기들끼리 머리

를 맞대고 수군거렸다.

"입 조심혀. 자는 것 같아도 다 듣고 있으니께."

"근데 진짜로 사람들이 배밭에서 총 맞아 죽었어요?"

내가 할머니들 사이로 머리를 들이밀고 끼어들자 할머니들이 고개를 돌리고 딴말을 했다.

"배꽃을 보니께 또 봄이 왔구먼."

"올해는 작년보다 꽃이 더 많아 보이네."

"샘을 팠다더니 그래 그른가?"

샘 아저씨가 만든 기계를 처음 가동시키는 날, 온 동네 사람들이 구경하러 배밭으로 나왔다. 면장네와 가지마오의 얼굴만 안 보였다.

샘 아저씨가 스위치를 올리자 배나무 사이사이 골고루 퍼져 있는 호스에서 물줄기가 솟아올랐다. 수십 개의 작은 분수들이 뿜어내는 물줄기가 신기해 사람들이 박수를 쳤다.

"세상에나. 나는 아무리 샘을 파도 이 넓은 밭에 어떻게 물을 주나 했더니만 완전 요술이네."

"별거 아니에요. 다른 나라에서는 다 이렇게 스프링클러를 설치해 농사를 짓는걸요."

"이게 뭐이라고? 스푸링?"

"스프링클러요."

샘 아저씨가 준비해놓은 막걸리를, 춘입이 산나물을 넣어 부친 부침개를 가져왔다. 송가네와 백가네 사람들은 분위기에 취해 그 자리에 눌러앉았다. 송가네와 백가네 아이들도 다 같이 모여 길게 이어진 배꽃 터널 사이를 뛰어다니고 스프링클러 물줄기에 몸을 적셨다. 그게 지겨워지자 '무궁화꽃이 피었습니다'를 '하얀 배꽃이 피었습니다'로 바꿔놓았다. 술래가 배나무에 눈을 붙이고 있는 사이에 우리는 사방으로 흩어졌다. 술래가 바뀔 때마다 어른들의 꽃놀이도 더 흥이 올랐다.

내가 술래가 돼 '하얀 배꽃이 피었습니다'를 외치고 돌아봤을 때였다. 장난스러운 표정으로 멈춰 선 아이들 뒤로 샘 아저씨의 텐트가 뒹굴고 있었다. 텐트가 있던 자리에는 법대생이 낫을 들고 서 있었다. 춘입과 샘 아저씨는 동네 사람들 사이에서 술과 안주를 나르느라 정신없고 우리 아빠가 막걸리를 더 사 오겠다고 큰소리를 쳤다.

"우리 사촌 형이 별을 달았는디 가지마오가 하지 않으니 내가 한턱 내겠습니다."

엄마가 그 옆에서 아빠의 옆구리를 꼬집었지만 다른 사람들은 환호성을 지르며 박수를 쳤다.

"그럼 우리 송가네도 가만 있을 수는 없지. 우리 집에 있는 닭 몇 마리 잡아 삶자고."

"몇 마리 가지고 되겠어? 애들도 있는디."

"그럼 다 잡든가!"

사람들이 박수 치는 마술에 걸린 것처럼 또 박수를 쳤다. 아이들까지 놀이를 잊고 덩달아 박수를 쳤지만 나는 법 대생이 뱀처럼 배밭 밖으로 쓰윽 빠져나가는 걸 바라보고 있었다. 손가락도 없는데 어떻게 오른손으로 낫을 들고 있을까.

하얀 꽃 그늘 아래 걸린 양은솥에서 하얀 김이 뿜어지고, 사람들은 하얀 막걸리를 서로에게 부어주며 노래를 흥얼거렸다. 아이들은 하얀 닭고기를 한 덩어리씩 손에 들고 배나무에 올라탔다.

밤이 되도록 잔치는 끝나지 않았고, 술을 가장 많이 마신 우리 아빠는 '청와대'와 '별'을 수백 번 입에 올렸다.

"그 양반이 대통령님이 제일 좋아하는 부한데, 다른 사람들은 못 믿고 우리 형만 믿을 수 있다고 꼭 옆에 붙이고 다닌대잖어. 그 양반이 나중에 대통령이라도 되믄 어떻게 되겠어? 우리 집안은 기냥 날아다니는 겨."

"그럼 그럼. 그렇게 되믄 우리한테도 큰 경사지. 한동네 사람인데 송가 백가가 어딨어? 우리도 팔자 피는 겨."

"그럼 그럼. 고리타분한 늙은이들이나 그런 거 따지고 싸우지 우리는 아녀. 이 얼마나 좋아. 다 같이 모여 놀고먹고!"

우리 아빠는 박수를 치다 못해 감격에 겨워 눈물까지 글썽거렸다. 송가네 사람들이 아빠의 잔에 서로 술을 부어주려고 했다. 아빠가 그 술잔을 들고 일어나 폼을 잡았다.

"여러분, 참 아름다운 밤입니다. 배꽃도 아름답고, 우리 동네 이웃들도 아름답고, 우리 애들, 저기 우리 송아지까지. 근데 니가 왜 여기 있냐?"

그 말에 사람들이 일제히 돌아보자 배밭 입구 쪽에 서있던 프랑크가 술판으로 달려들었다. 놀란 사람들이 우왕좌왕 도망치고, 아빠는 자기 몸을 가누지도 못하면서 프랑크를 잡으려고 달려가다 엎어졌다. 어른들과 아이들이 무슨 재미난 놀이라도 되는 듯 깔깔깔 웃으며 프랑크와 아빠를 구경했다. 그 상황을 심각하게 생각하는 사람은 하나도 없었다.

우수수 봄비가 쏟아지자 사람들은 서둘러 집으로 돌아갔다. 뚜껑을 열어놓은 양은솥으로, 사람들이 먹다 남긴 막

걸리 잔으로 빗물이 떨어졌다. 춘입은 그것들을 정리하고, 샘 아저씨는 줄을 가져와 올가미를 만들어 프랑크를 향해 던졌지만 번번이 실패했다. 비와 함께 배나무에서 하얀 꽃잎들이 떨어져내렸다. 흙과 비로 뒤범벅이 된 아빠의 몸에도 하얀 배꽃들이 달라붙어 할마가 만들어주었던 하얀 인절미 같았다. 술 취한 인절미는 제정신이 아니었다.

"눈이다. 은영아, 함박눈이 내려!"

아빠는 하얀 꽃비 속에서 두 팔을 벌린 채 춤을 추었다.

"은영아. 이리 와. 너도 같이 아빠랑 춤추자."

바보 같은 아빠와 놀아줄 시간이 없었다. 나는 흠뻑 젖은 프랑크에게로 다가가 달렸다.

"프랑크. 이리 와. 이제 집에 가야지."

프랑크가 내게로 다가왔다. 나는 괜찮다고, 프랑크의 머리를 향해 내 머리를 내밀었다. 내 이마를 핥고 싶어 프랑크가 긴 혀로 입맛을 다시며 몇 발짝 다가왔다. 조금만 더 조금만 더 오면 되는데, 내 뒤에 있던 샘 아저씨가 줄로 만든 올가미를 던졌다. 나를 향해 다가오던 프랑크가 올가미를 피해 달아나기 시작했다. 샘 아저씨가 그 뒤를 쫓았지만 프랑크는 울타리를 훌쩍 뛰어넘었다. 아빠는 그 모습을 보며 더 신이 나 소리쳤다.

"백마다! 백마가 하늘로 날아갔어!"

가출한 프랑크는 아침이 돼도 집에 돌아오지 않았다. 샘 아저씨가 밤새 주변을 뒤졌는데도 프랑크를 못 찾았다고 했다. 나는 샘 아저씨의 텐트를 망가뜨리고 배밭을 빠져나가던 법대생이 의심스러웠다. 그가 우리 집에 가서 외양간에 있는 프랑크를 풀어주고 배밭으로 몬 거라 추측했다.

아직 술이 깨지도 않은 아빠는 법대생이 왜 그런 짓을 하냐고 내 말을 무시했다. 그날 밤, 배나무에 올라가 있던 춘입과 샘 아저씨를 보지 못했으니, 춘입의 색시 같은 웃음소리를 듣지 못했으니, 두 사람 때문에 꺾여진 배나무 꽃을 알지 못하니 그럴 만했다. 그래서 나는 그 모든 걸 나보다 더 잘 알고 있는 춘입에게 얘기했다. 그날 밤, 배밭을 나오다가 법대생을 봤다고. 어젯밤 샘 아저씨의 텐트를 낫으로 찢은 사람도 법대생이라고.

춘입은 내 예상과 다른 반응을 보였다. 절대 그럴 리가 없다고 우리 아빠와 똑같은 말을 했다.

"오빠는 절에 공부하러 가서 어제 여기 없었어."

"아니야. 내가 분명히 봤다니까."

"네가 잘못 본 거야."

춘입에게서 그런 말을 들을 줄이야. 엄마 아빠한테서 똑같은 말을 백번 듣는 것보다 춘입에게 한 번 들은 게 더 속상했다.

"나도 네가 다른 아이들과 다르다는 거 알아. 하지만 사람은 누구나 실수하거나 착각할 때도 있는 거야. 빼그녕 너도 마찬가지고."

다른 사람의 말이라면 나도 인정하지 않았겠지만 내 특별한 친구인 춘입이 하는 말이니 받아들이기로 했다. 춘입이 하지 말라고 해서 샘 아저씨에게도 그 이야기는 하지 않았다.

샘 아저씨는 찢어진 텐트를 다시 배밭에 박고 프랑크를 찾아다녔다. 그날 밤 윗마을 쪽으로 프랑크가 달아났으니 산에 있을지도 모른다며 매일매일 산을 뒤졌다. 아빠는 샘 아저씨가 우리한테서 프랑크를 샀으니까 이제 프랑크의 주인은 샘 아저씨이고, 프랑크를 찾는 것도 샘 아저씨가 할 일이라며 나 몰라라 했다. 아무리 모심기 철이라 바쁘다고 해도 나는 아빠가 그러면 안 된다고 생각했다. 할마도 내 생각에 동의했다. 프랑크 값을 다 받았다고 해도 우리 집 외양간에서 프랑크를 데리고 있다 잃어버렸으니 우리한테도 책임이 있다고.

혼자 이 산 저 산 오르내리면서 샘 아저씨는 점점 지쳐 갔다. 그러다 어느 날부터는 해가 중천에 뜰 때까지 텐트에서 나오지 않고 잠만 잤다. 춘입이 밥을 가져다줘도 먹지 않고 돌아누웠다.

봄비가 한 차례 더 오고, 하얀 배꽃들은 이제 나무가 아닌 땅에서 피었다. 배꽃이 있었던 나뭇가지에서는 작은 배들이 열리기 시작했다. 배농사 1년 중 가장 바쁠 때였다. 줄기 끝에 네댓 개씩 같이 달리는 배 중에 크고 예쁜 배 하나만 남기고 모두 잘라주는 작업을 하느라 춘입은 사다리에서 살다시피 했다. 나까지 춘입을 도와 일을 하는데, 하루 종일 얼굴을 보이지 않는 샘 아저씨가 얄미워 나는 샘 아저씨가 만든 스프링클러의 스위치를 올렸다. 그 바람에 샘 아저씨의 찢어진 텐트 위로 물줄기가 떨어졌다. 낮잠을 자고 있던 샘 아저씨가 밖으로 나왔다. 아저씨가 스프링클러를 잠그고 다짜고짜 춘입의 사다리로 걸어가 사다리를 흔들었다. 춘입이 바닥으로 고꾸라졌다. 놀란 춘입을 향해 샘 아저씨가 고함을 질렀다.

"싫다면서요? 필요 없다면서 왜 깨워요?"

"내가 그런 거 아니에요."

그 말에 샘 아저씨가 나를 돌아보았다. 처음 보는 무서운 얼굴이었다.

"어른들이나 애새끼나 다 못돼처먹었어. 아주 드러운 동네야."

샘 아저씨가 사다리를 다시 한번 걷어차고 텐트로 들어갔다. 그 모습에 나는 충격을 받았다. 우리 아빠를 버리고 샘 아저씨의 딸로 살았으면 좋겠다는 생각까지 했던 나한테 그렇게 심한 말을 하다니. 난 아저씨가 좋았는데, 그래서 나한테 먼저 고백을 해놓고 변심을 해도 용서해줬는데.

삐질삐질 눈물이 나올 것 같아 이를 악물고 있는데 춘입이 다가와 날 안았다.

"괜찮아. 너 때문에 그런 게 아니고 나한테 화가 나서 그런 거야."

"왜?"

춘입은 대답 대신 날 한 번 더 꼭 안아주고 다시 사다리를 세웠다. 배나무 줄기에 달린 작은 배들을 가위로 솎아냈다. 동글동글 작은 초록 배들이 우수수 떨어졌다. 막대사탕 같은 그것들을 주워서 나는 샘 아저씨의 텐트를 향해 던졌다.

아저씨가 다시 밖으로 나와, 전처럼 춘입과 사이좋게 일을 하길, 우리 셋이 한 식구처럼 같이 밥을 먹길 바랐지만 아저씨는 내 노크를 끝까지 무시했다.

프랑크를 찾으면 아저씨의 기분이 풀리고 춘입에게 화도 내지 않을 것 같아 나는 할마에게 산에 가자고 했다. 진짜 정성을 다 바쳐 우리 프랑크가 돌아오게 해달라고 북두칠성님께 기도할 생각이었다.

북두칠성이 가장 반짝이는 한밤중, 할마와 함께 배밭 옆을 지나가는데 뭔가 이상했다. 매일 '구국꾸꾸' 울어대던 멧비둘기 소리도, 요란한 풀벌레 소리도 들리지 않아 너무 고요했다. 무겁고 답답한 공기 속으로 어디선가 퍽퍽 도끼질하는 소리가 들렸다.

"할마, 저게 무슨 소리야?"

"암것도 안 들리는데."

그러고 보니 또 소리가 들리지 않았는데, 배밭이 끝나고 윗마을 향자네 집 앞을 지날 즈음, 다시 아래 배밭에서 쩍 하는 소리가 들려왔다. 궁금했지만 프랑크를 찾는 게 더 중요한 일이라 나는 걸음을 서둘렀다. 할마는 허리가 꼬부라졌는데 나보다 더 빨리 걸었다. 걷는 게 아니라 날아다니는 것처럼 몸이 가벼웠다.

"할마 이제 신선이 된 거야?"

"그려."

"와, 그럼 내가 다 클 때까지 죽지도 않겠네?"

"그럼. 우리 은영이 커서 시집가고 애 낳고, 그 애가 또 시집가고 애 낳는 것까지 다 볼 수 있지."

"내가 죽는 것도?"

"아니. 우리 은영이도 죽지 않고 나처럼 신선이 될 겨."

"난 생쌀이 싫은데. 고기도 먹고 싶고."

"할미도 어렸을 땐 그랬어."

"그런데 어떻게 신선이 됐어?"

"먹고 싶은 거 실컷 먹고 나면 이빨이 다 빠져. 그때부터 날것만 먹으면 돼야."

"그래? 그럼 나도 신선이 되야겠다. 근데 할마. 지난번에 다른 할머니들한테 했던 얘긴 뭐야? 왜 사람들이 배밭에서 총 맞아 죽었어?"

"배꽃이 너무 탐스러우니께."

"응?"

"그러니께 서로 갖고 싶어 싸워댔지."

"그래서 송가네가 이긴 거야?"

"아니."

"그럼?"

"배꽃. 사람들은 아무리 총을 가지고 있어도 배꽃을 못

이겨."

할마와 얘기를 하다보니 벌써 상엿집이었다. 동네 사람들의 장례 때 쓰는 상여와 물건들이 그 안에 있었다. 멍석에 같이 누워 놀던 할머니 중 하나도 지난겨울 여기 있는 상여를 타고 저승으로 갔다. 빨간 천에 노랗고 파란 꽃들이 수놓인 상여 속에 그 할머니가 누워 있을 때는 상여가 그리 무섭지 않았는데, 이상하게 상엿집에 있는 빈 상여는 쳐다보기도 싫었다.

상엿집에서 무언가를 씹어먹고 핥아먹는 소리가 들려 머리칼이 쭈뼛했다. 귀신들이 식사를 마치고 쿵쿵 문을 열어달라고 소리치는 것 같아 나는 귀를 막고 할마의 옆구리에 바짝 달라붙어 걸었다.

며칠 전에 비가 많이 와서 그런지 하늘이 깨끗해 북두칠성이 다른 날보다 더 선명했다. 나는 할마 대신 약수를 뜨고, 담아가지고 간 쌀 깡통에 초를 꽂고 불을 붙였다. 그런데 바람이 불어 촛불이 계속 꺼졌다. 몇 번이나 할마가 성냥을 다시 그었지만 불을 붙일 때마다 번번이 바람이 불어 촛불이 꺼졌다.

"오늘은 안 되겠다. 칠성님이 쉬고 싶으신가보네."

"안 되는데. 프랑크를 빨리 찾아야 한단 말이야."

"바람이 안 도와주는데 어떡혀?"

여기까지 왔는데 이대로 포기하고 돌아가는 게 아까워 나는 궁리를 했다.

"그럼 상엿집, 거기 가서 기도해."

"응?"

"거긴 바람도 안 불 거고, 그럼 내 정성도 더 특별하게 보여줄 수 있잖아."

한밤중에 상엿집에 들어갈 수 있는 아이는 우리 동네에서 하나도 없다. 그런데 내가 그 일을 한다면 칠성님도 감동해 내 소원을 안 들어줄 수가 없을 것이다.

나는 할마의 손을 끌고 다시 상엿집으로 내려갔다. 상엿집 문이 활짝 열려 있었다. 아까 올라갈 때만 해도 닫혀 있었는데. 무언가를 씹어먹고 핥아먹다 문을 열어달라고 쿵쿵거리던 귀신 소리가 떠올라 온몸에 소름이 돋고 딸꾹질까지 났다.

"진짜로 귀신이 있었나봐."

"귀신이나 신선이나 매한가진데 뭐가 무서워?"

할마가 먼저 상엿집으로 성큼 들어가 촛불을 켰다. 나는 안으로 들어가려다 멈칫했다. 할마는 어디로 가고 부서진 상여와 귀신만 보여 나는 동네를 향해 죽어라고 달렸다.

윗마을까지 내려오고 나서야 걸음을 멈추고 숨을 돌렸다. 할마가 오길 기다릴까 하다가 할마는 이미 신선이 됐으니 나보다 빨리 집에 도착했을 거란 생각에 아랫마을을 향해 걸었다.

구름이 달을 가려 갑자기 더 어두워졌다. 배꽃까지 다 떨어져 온 동네가 깜깜했다. 한밤중이라 불을 켜놓은 집도 보이지 않는데 배밭 쪽에서 작은 불빛이 반짝거렸다. 나는 더 이상 혼자 가기가 무서워 샘 아저씨한테 우리 집까지 데려다달라 할 작정으로 그 불빛을 향해 갔다. 샘 아저씨의 텐트가 있던 자리 위 배나무에 플래시가 걸쳐져 있고, 그 아래에서 두 사람이 무언가를 파묻고 있었다.

달을 가리고 있던 구름이 옆으로 비켜나 아까보다 밝아졌다. 배밭에 있는 사람들도 더 잘 보였다. 한 사람은 삽을 들고 한 사람은 도끼를 들고 있었다. 춘입과 법대생이었다. 그들에게 더 가까이 가려는데 발이 움직이지 않았다. 누가 그만 돌아가라고 내 엉덩이를 치는 것 같아 나는 뒷걸음질을 쳐 집으로 달려갔다.

아침에 눈을 뜨니 프랑크의 혀처럼 축축하고 두툼한 물수건이 내 이마에 놓여 있었다. 밤새 내가 헛소리를 하고 열이 나 엄마가 한숨도 못 잤다고 했다.

"할마는?"

"할마는 또 왜 찾어. 일어나서 밥이나 먹어. 엄마가 너 좋아하는 계란찜 해놨어."

계란찜을 좋아하는 건 내가 아니라 준수다. 나는 미나리나물을 가운데 넣고 돌돌 만 춘입의 예쁜 계란말이를 좋아한다.

그 생각을 하자 어젯밤 일이 번뜩 떠올랐다. 한밤중 배밭에서 춘입과 법대생은 뭘 파묻고 있었을까. 샘 아저씨는 두 사람이 그렇게 한밤중까지 일하는데 왜 도와주지 않았을까? 아직도 춘입한테 화가 안 풀렸나?

아침밥도 먹지 않고 나는 배밭으로 올라갔다. 작은 배들이 주렁주렁 달린 초록 터널의 한 군데가 이 빠진 것처럼 텅 비어 있었다. 춘입과 샘 아저씨가 올라갔던 배나무의 기둥 줄기가 도끼에 찍혀 옆으로 쓰러져 있었다. 샘 아저씨의 텐트는 보이지 않았다. 나는 어젯밤 춘입과 법대생이 무언가를 파묻던 곳으로 시선을 돌렸다. 전에는 없던 나무 상자들이 그곳에 가득 쌓여 있었다. 그 옆에 있는 배나무에 빨간 얼룩이 묻어 있어 손으로 닦는데 춘입이 다가왔다. 갑자기 내 손을 잡아 자기 옷에 닦더니 스프링클러를 작동시켜 빨간 얼룩이 묻어 있던 나무에 물을 뿌렸다. 춘입이 박박 문지르는 수건에 붉은 피가 묻어났다.

"왜 나무에서 피가 나?"

춘입이 놀라 수건을 뒤로 감추며 날 향해 말했다.

"너 앞으로는 여기 오지 마."

"응?"

"나 귀찮게 하지 말고 이제 애들이랑 놀라고."

한 번도 날 애 취급하지 않았던 춘입이라 나는 이상했다.

"춘입, 왜 그래? 내가 무슨 잘못 했어?"

"어른한테 춘입이 뭐야! 버릇없이!"

춘입이 아니라 우리 엄마인 줄 알았다. 날 바라보는 눈빛, 말투, 목소리가 내가 알던 춘입이 아니었다.

"가라는데 왜 안 가니?"

"우린 친구잖아. 그런데 왜 그래?"

"이제 끝났어."

"응?"

"내가 전에 말했었지. 사람은 언젠가 다 이별을 한다고. 너랑 나랑도 마찬가지야. 이제 너랑 나는 친구가 아냐."

"갑자기 왜?"

"이유는 없어. 그냥 그런 때가 된 거야. 그러니까 가. 그리고 다시는 여기 오지 마."

"춘입."

"가라니까. 맞아야 갈래?"

춘입이 땅에 있던 막대기를 치켜들었다. 그 모습만으로 나는 이미 매를 맞은 것처럼 아팠다. 이별을 잘하는 사람이 훌륭한 사람이라 해놓고 이따위 이별을 하다니. 춘입이 정말 실망스럽고 원망스러웠다.

5

가
출

샘 아저씨를 만나면 춘입 때문에 괴로운 내 마음을 털어놓고 위로를 받으려고 했는데 통 보이지 않았다. 샘 아저씨는 어디 간 걸까? 춘입은 왜 나한테 갑자기 이별 선고를 한 걸까?

칠성님은 알고 있을 것 같아 새를 잡아 물어보기로 했다. 할마가 새나 쥐는 하늘에 있는 신들의 심부름꾼이라고 했었다. 그래서 낮말은 새가 듣고 밤말은 쥐가 듣는다는 속담이 있는 거라고. 새와 쥐는 그렇게 들은 인간의 말들을 하늘에 있는 신에게 전해준단다.

나는 참새 낚시에 필요한 소쿠리와 막대기, 긴 줄을 준비했다. 쌀단지에서 엄마가 아끼는 찹쌀도 조금 훔쳐냈다. 참새가 멥쌀보다 찹쌀을 더 좋아하는지는 모르지만 어쨌든 더 비싸고 좋은 걸 바치면 새도 내 정성을 알아줄 것 같아서다.

찹쌀을 마당에 뿌리고 그 위에 소쿠리를 엎어서 막대기로 받치고, 그 막대기에 줄을 매달아 쥐고 있다가 소쿠리 아래로 참새들이 들어가면 줄을 당겨 포획할 작정이었다. 그리고 북두칠성님에게 내 말을 전해달라고 해야지.

내가 뿌려놓은 찹쌀을 먹으려고 참새들이 슬슬 소쿠리 아래로 기어들었다. 나는 잽싸게 줄을 당겼다. 막대기가 넘어지면서 막대기가 받치고 있던 소쿠리가 바닥으로 떨어졌지만 참새는 소쿠리 감옥에 갇히지 않고 그전에 날아갔다. 다시 소쿠리 밑에 막대기를 끼우고 찹쌀을 아까보다 더 많이 뿌렸다. 참새들은 소쿠리 아래로 고개만 쏙 밀어서 찹쌀을 날름날름 쪼아 먹으며 날 약올렸다.

"고무 다라이처럼 튼튼하고 무거운 걸로 해야 참새 위로 빨리 떨어지지."

품앗이로 다른 집의 모내기를 해주고 온 아빠가 마당으로 들어서며 말했다.

"참새구이 좀 해 먹게 잘 좀 잡아봐."

"먹으려고 잡는 거 아냐."

"그럼?"

"칠성님한테 뭘 좀 물어볼 게 있어서."

"참새를 잡아서?"

"응."

"귀신 씻나락 까먹는 소리 그만하고 이리 와서 아빠 등목이나 좀 해줘."

아빠는 마당 한쪽에 있는 샘가로 가 땀에 젖은 난닝구를 벗어던졌다. 펌프에 물을 한 바가지 쏟아붓고 힘차게 펌프질을 했다. '꾸르륵꾸꾹' 배고플 때 나는 소리가 펌프에서 한참 동안 나다가 아빠가 물을 한 바가지 더 넣어주니 가지마오가 가래침을 뱉어내듯 펌프가 시원하게 물을 쏟아내기 시작했다.

나는 낚시 중인 줄을 내려놓고 샘가로 가서 아빠가 펌프질해놓은 샘물을 아빠의 등에 한 바가지 부어주었다. 두 손으로 바닥을 짚은 채 엉덩이를 들고 있어 내가 쏟아부은 물은 아빠의 등을 타고 목으로, 머리로 흘러내려갔다.

"아이구구 시원하다. 역시 샘물이 최고여."

샘물이란 말을 들으니 또 샘 아저씨가 생각났다. 아빠도 나와 같았는지 먼저 아저씨 얘기를 꺼냈다.

"참, 그 샘 기술자 갔다드라."

아빠가 등에서 흘러내리는 물을 흔들어 털며 말했다.

"프랑크는?"

"못 찾으니께 포기하고 혼자 간 거지."

"아빠가 봤어?"

"응?"

"샘 아저씨 가는 거 직접 봤냐고?"

"아니. 춘입이 그러던데. 샘 기술자는 자기 집에 갔다고. 시간 날 때 배 적과 좀 도와달라 그러믄서."

"배밭에 가면 안 돼."

"왜?"

참새를 기다리면서 나는 깨달았다. 참새들은 내 소쿠리 감옥에 갇히지 않았지만, 소쿠리 같은 춘입은 샘 아저씨를 그 배밭에 가뒀다는 걸.

"춘입이랑 법대생이 거기에 샘 아저씨를 묻었어."

그 말을 뱉어내고 나자 샘 아저씨가 날 번쩍 안아 들 때마다 부풀어올랐던 풍선, 맘껏 커보지도 못하고 가시에 찔려 쪼그라들었던 그 빨간 풍선이 있던 자리에 검은 풍선이 생겼다. 빨간 풍선과는 다른 색깔의 흥분이 점점 그 풍선을 채웠다.

"뭐?"

나는 그날 밤 내가 본 것을 그대로 아빠에게 이야기했다. 아빠는 내 말이 다 끝나기도 전에 성난 장닭처럼 몸을 획획 털어대며 목소리를 높였다. 그 바람에 아빠의 머리칼과 등에 있던 물기가 나에게 튀었다.

"네가 상엿집엘 갔다고? 한밤중에 혼자 거길 네가 어떻게 가?"

"할마랑 같이 갔다니까. 약수터까지 가서 기도하려고 했는데 바람 때문에 촛불이 자꾸 꺼져서 거기로 들어가려고 했는데……"

"아이고 미치겠네. 은영아. 너 정말 왜 그러냐."

아빠가 몸에 불이라도 난 듯 얼굴이 빨개지더니, 펌프로 물 한 바가지를 더 퍼서 자기 머리에 끼얹었다.

"거기 간 거 다른 사람들한테도 말했어? 거기서 뭘 봤는지 얘기했냐고?"

"아니. 샘 아저씨한테 말하려고 했는데 아저씨가 안 보여서……"

"뭐? 너 얘기했지? 벌써 샘 기술자한테 얘기했지!"

"아니라니까. 샘 아저씨한테 가려고 했는데 춘입이랑 법대생이 샘 아저씨를 파묻고 있었다고!"

아빠가 날 빤히 바라보다 손으로 내 이마를 만졌다. 난 아무렇지도 않은데 아빠가 오두방정을 떨었다.

"너 아직도 열 있다. 얼른 방에 들어가서 누워. 아무 말도 하지 말고 푹 자."

아빠가 억지로 나를 마루로 떠밀었다.

"샘 아저씨가 어디 묻혀 있는지도 알아. 그 위로 춘입이랑 법대생이 배 상자를 막 쌓아놨어!"

"얼른 자라니께. 계속 떠들면 너 혼난다."

"내가 왜 혼나?"

"누가 혼자 밤에 그런 데 가라 그랬어? 이 쬐그만 게 겁도 없이 상엿집까지 왜 가!"

"혼자 간 거 아니야. 할마랑 같이 갔다고."

"할마가 어딨어? 작년에 죽었는데!"

"할마는 신선이라 안 죽어."

"뭐?"

"신선은 영원히 안 죽는다고!"

할마는 죽지 않았다. 작년에 죽은 줄 알고 가지마오와 아빠가 장례 준비를 하고 있는데 할마가 다시 살아났다. 살아난 게 아니라 애초에 죽지 않은 거라고 했다. 신선은 인간과 다르게 잠을 자는데 가지마오가 그걸 모르고 소란을 피웠던 거라고.

"할마는 그때 아직 신선이 아니었잖아?"

"신선이 돼가는 중이었지."

애초에 할마한테 관심이 별로 없었던 아빠는 할마가 죽지 않았다는 걸 까맣게 까먹어버렸다. 아무리 자기 엄마가 아니라 가지마오의 엄마라도 그렇지. 하긴 아들인 가지마오도 할마가 죽었는지 살았는지 관심도 없고 찾지도 않는데, 손자인 아빠야 오죽하랴. 할마가 그 때문에 속상할까봐 나는 걱정했지만 할마는 더 좋다고 했다.

"아무도 간섭하지 않으니 내가 자고 싶은 데 가서 자고, 먹고 싶을 때 먹고 얼마나 편하고 좋은데?"

사실 할마는 그 말을 하기 전부터, 가지마오의 집보다 다른 집에서 더 많이 살았다. 혼자 사는 할머니들 집에서는 늘 할마를 환영했고, 내가 어렸을 땐 나를 봐준다고 우리 집에서 거의 같이 살았다. 그런데 신선이 되고부터 영 나는 뒷전이다.

"할마! 할마!"

"아이구, 귀청 떨어지겠다. 왜 이렇게 불러대!"

"그날 밤에 상엿집에서 귀신을 봤는데 할마도 봤어?"

"아니. 귀신이랑 신선은 비슷해 보여도 노는 데가 달라. 서로 알아보지도 못허고."

"그 귀신이 샘 아저씨였나봐. 샘 아저씨가 억울하게 죽어서 귀신이 된 거 같은데 아빠는 내 말을 안 믿어."

"원래 밥벌이하는 인간들은 먹고살기 바빠 그런 데 관심 없어. 너도 알잖어. 그런 인간들이 얼마나 정신머리가 없는지."

그래서 나는 아직 밥벌이를 안 해 정신머리가 좀 있는 희숙이에게 도움을 요청하기로 했다.

배밭에 샘 아저씨가 묻혀 있다는 말에 희숙이는 눈을 반짝거렸다. 아빠처럼 날 의심하지도 무시하지도 않고 무조건 내 말을 믿었다. 그래선지 아빠 앞에서는 흘리지 않았던 눈물이 흘러나왔다. 샘 아저씨가 날 번쩍 안아 들 때마다 두 손으로 잡았던 옆구리가 썩어들어가듯이 아팠다.

"아저씨가 날 얼마나 좋아했는데."

춘입과 팔짱을 끼고 샘 아저씨한테 '메롱' 했던 게 미안했다.

"난 그 아저씨 키 작아서 별로던데."

희숙이가 내 슬픔에 초를 쳤다. 그 바람에 눈물이 그쳤다.

"키 안 작어. 그리고 키 작으면 뭐 어때서?"

"근데 법대생은 손도 하나뿐인데 어떻게 그 아저씨를 죽였어?"

"법대생 혼자가 아니고 춘입도 같이 있었다고 했잖아."

"아, 맞아. 그랬지. 그럼 아직도 배밭에 묻혀 있겠네."

희숙이가 당장 배밭으로 갈 기세라 나는 희숙이를 붙잡
았다.

"우리 둘이 배 상자를 다 치우고 땅을 팔 수는 없잖아."

"그럼 지소에 신고를 할까?"

"네가 지소 사람들도 송가네라 우리 말을 믿지 않는다
고 했잖아?"

"그랬나?"

이것만 봐도 희숙이가 나와 달리 평범한 아이라는 걸
알 것이다. 그래도 희숙이는 어른들처럼 기억을 하면서도
못하는 척하거나, 기억을 못하면서도 기억하는 척 거짓말을
하지는 않는다.

"그럼 향자한테 신고하라고 하자. 향자는 송씨니까 향
자 말은 믿을 거 아냐?"

"그럴까?"

향자한테 과자를 사준다고 꼬셔서 우리는 향자와 같이
지소에 갔다. 나는 내가 아는 모든 것을 경찰들에게 말했다.

"프랑크도 없이 아저씨가 혼자 집에 갔을 리가 없어
요."

"프랑크가 뭐야?"

"그것도 몰러? 소시지잖아 소시지. 그치?"

다른 경찰이 옆에서 끼어들었다.

"아니, 우리 집 송아지 이름이에요."

"송아지? 돼지가 아니고?"

시골 촌구석의 경찰들은 내 말을 듣지도 않고 자기들끼리 낄낄거렸다.

"나쁜 놈이라니까요. 전에 춘입도 막 때리고 우리 프랑크도 쫓아냈어요."

"누가?"

"법대생이요. 같은 송가네라도 나쁜 놈은 잡아서 감옥에 넣는 게 맞잖아요. 애도 송씬데 그래서 같이 온 거예요."

경찰들이 라면땅을 먹고 있는 향자를 흘끔 돌아보고 다시 나를 보았다.

"애들아. 우리는 남의 집 송아지 찾아주는 사람들이 아니야."

"프랑크를 찾아달라고 온 게 아니라니까요."

"글쎄 프랑큰지 소시진지는 다른 데 가서 알아봐. 가. 얼른. 안 그럼 감옥에 집어넣는다! 어흥!"

희숙이와 향자가 가짜 사자에 놀라 밖으로 뛰쳐나갔다. 경찰들도 우리 아빠처럼 유치해 한숨이 나왔다. 나는 책상 위에 있는 볼펜을 집어 종이에 그림을 그렸다.

"여기가 배밭이면, 샘 아저씨는 여기 묻혀 있어요. 그 위에 있는 나무 상자들을 치우고 땅을 파보면 내 말이 맞다는 걸 알 거예요."

"그래? 너 참 똑똑하구나. 네 아빠 이름이 뭐니?"

"백상태요. 아저씨들이 법대생을 안 잡아가면 우리 큰집 별을 단 장군 삼촌한테 일러바칠 거니까 그렇게 아세요."

그렇게 협박까지 했는데도 경찰은 오지 않았다. 대신 아빠에게 전화를 걸었다. 검은 수화기를 들고 있는 아빠의 얼굴이 전화기만큼 시커메졌다.

"예? 우리 은영이가요? 아이고, 죽겠네 정말. 아유, 죄송혀유. 야가 요새 쫌 아파가지고 헛소리를 한 거예요. 안 그래도 병원에 데리고 가볼라고 하고 있었어요. 그럼요. 예, 예. 제가 다시는 그런 일 없도록 잘 단속하겠습니다."

전화를 끊은 후 아빠는 한숨을 깊게 내쉬며 엄마를 돌아보았다.

"야 밖에 못 나가게 잘 보고 있으라니께 뭐 하고 있었어?"

"일 안 하고 애만 보고 있어? 그리고 발 달린 짐승을 어떻게 가둬?"

"난 짐승 아니고 사람이야."

"사람이믄 말을 좀 들어라 쫌! 백은영!"

아빠가 인상을 찌푸렸다.

"너 자꾸 이라믄 아빠가 곤란해져."

"왜?"

"왜 왜 왜? 그런 말 좀 하지 말고 그냥 아빠가 시키는 대로 좀 해!"

"싫어!"

나는 문을 쾅 닫고 나와 헛간으로 갔다. 말도 안 통하는 엄마 아빠 사이에서 자느니 헛간에서 자는 게 나을 것 같았다. 그런데 잠이 오지 않았다. 헛간에 있으니 옆 외양간에 있었던 프랑크 생각이 더 많이 났다.

내가 태어난 지 2263일째 되던 날 프랑크가 태어났다. 그리고 2555일째 되던 내 일곱 번째 생일에 우리는 첫 키스를 했다. 뭐 색깔 있는 글씨들이 가득한 잡지 속 사진의 남녀처럼 키스를 한 건 아니다. 내 머리를 프랑크의 턱에 대고 비비는 게 우리끼리의 키스였다. 그럴 때마다 프랑크의 혀에서 걸쭉한 침이 내 이마로 흘렀다. 아빠는 소가 혓바닥으로 핥으면 머리칼이 안 난다고 했지만 다 뻥이었다.

지금 생각해보면 프랑크가 교통사고를 당해 깁스를 하고 마당에 누워 있을 때가 참 좋았다. 우린 나란히 누워 낮잠도 자고, 옥수수도 반쪽씩 나눠 먹었다. 내가 벽장 속에 몰래 숨겨놓고 보는 잡지책도 프랑크와 같이 봤다. 프랑크의 똥 냄새 때문에 코를 막고 있기도 했지만, 나는 거의 하루 종일 프랑크의 옆을 지켰다.

계속 그렇게 지냈으면 차라리 좋았을걸. 깁스를 풀고 프랑크가 다시 외양간으로 들어갔기 때문에 이런 일이 벌어진 게 아닐까? 누군가 프랑크를 우리 외양간 밖으로 몰아냈고, 도망간 프랑크를 찾아다니던 샘 아저씨도 사라졌다.

나는 헛간을 나와 가지마오네 집으로 갔다. 지소에 신고해도 소용없으니 이제 정말 별을 단 장군한테 말을 하는 것밖에 방법이 없는 것 같았다.

가지마오는 종이돈의 가장자리에 표시를 하며 노래를 흥얼거리고 있었다.

"내 진정 당신만을 사랑해. 가지마오 가지마오 나를 두고 가지를 마오."

한 장 한 장 작업을 마치고 옆으로 옮겨놓을 때마다 뽀뽀를 쪽 했다.

"할아버지. 나 그 별 장군한테 전화 좀 해주세요."

"응? 왜?"

"우리 프랑크를 쫓아낸 나쁜 놈을 잡아가라고 하려구
요."

"프랑크가 뭐여?"

"우리 집 송아지요."

"아, 그거. 그 송아지는 내가 풀어줬는데."

"예?"

"어차피 샘 기술자한테 돈은 다 받았고, 송아지가 나중
에 다시 돌아오믄 우리 꺼 아녀. 이런 걸 꿩 먹고 알 먹는다
고 하는 겨."

전혀 상상하지도 못한 이야기에 놀라 나는 아빠와 싸웠
던 것도 까먹고 집으로 달려갔다.

"아빠, 아빠! 가지마오가, 가지마오가 우리 프랑크를
외양간에서 풀어줬대. 일부러 샘 아저씨가 못 데려가게 하
려고 그랬대!"

엄마도 아빠도 놀라지 않았다.

"진짜라니까. 내가 지어낸 얘기 아니야."

"알았으니까 그만 자."

"못 믿겠으면 가지마오한테 확인해보면 되잖아!"

"알았으니까 그만 자라고!"

내 말을 무조건 무시하고 윽박지르는 부모를 더 이상

참을 수 없어 나는 가출을 결심했다. 엄마 아빠가 코를 골며 잠든 밤, 몰래 방에서 빠져나왔다. 이제 프랑크도 없으니 지긋지긋한 이놈의 집구석과도 안녕이다.

　

엄마가 학교 갈 때 쓰라고 사다 준 가방을 메고 신작로까지 걸어가 차가 오길 기다렸지만 아직 어두워서 그런지 차가 없었다. 서울까지만 도착하면 별을 단 장군을 찾는 건 어렵지 않을 것 같았다. 대통령이 가장 아끼는 부하의 부하만 찾으면 되니까. 사람들한테 대통령이 사는 청와대로 데려다달라고 해야지.

뒤늦게 버스를 타려면 돈을 내야 한다는 게 생각났다. 엄마가 돈을 찬장 속 단지에 숨겨놓는 걸 알고 있지만 다시 집에 돌아가면 잡힐 위험이 있어 춘입에게 빌리기로 했다. 더 이상 친구가 아니라고 했지만 그동안 내가 춘입의 일을 도와준 게 있으니 그 정도는 줄 것이다.

닭들이 요란하게 울어댔다. 이놈이 울면, 또 다른 집 저놈이 울고, 시합이라도 하듯 끊기지 않고 계속 요란한 '꼬끼오' 소리가 이어졌다. 사람들이 깨기 전에 빨리 돈을 받아가지고 차를 타야 하는데.

마음이 급해 면장네 집 앞까지 뛰어갔다. 닭 우는 소리에 면장네 사람들도 일어났는지 대문 밖까지 시끄러웠다. 춘입을 향해 소리치는 면장 할머니의 성난 목소리가 들리고 울음소리가 이어졌다. 닭들이 운다고 따라 우는 건가? 왜 새벽부터 울고 그러지? '꺽꺽' 하는 면장 할머니의 울음소리가 그치고 면장 할머니가 방으로 들어갈 때까지 기다리려고 대문 앞에 쪼그리고 앉아 있으니 졸음이 왔다. 더 이상 졸음을 참을 수 없어 배밭 창고로 갔다. 새들이 쪼아 먹지 못하게 배에 봉지를 씌우려고 쌓아놓은 신문지를 깔고 덮고 잠이 들었다.

삐끄덕 문이 열리는 소리에 잠깐 잠이 깼다. 춘입인 줄 알았는데 면장네 할아버지라 얼른 다시 신문을 얼굴 위로 덮었다. 면장네 할아버지가 창고 구석에서 뭘 가지고 나갔다. 나는 다시 잠을 잤다.

동네 사람들이 내 이름을 부르는 소리에 잠이 깼을 때는 한낮이었다.

"어린애가 가긴 어딜 가겠어."

"가출한다고 써놓고 나갔다니까."

집을 나오기 전 그래도 가족들이 걱정할까봐 나는 가출한다는 쪽지를 써서 부엌 솥뚜껑에 끼워놓았다.

"가출? 그 쪼끄만 애가 그런 말도 알아?"

"지 이름도 못 쓰는 애가 그런 말을 어떻게 알고 써? 그러니까 누가 우리 애를 납치해 가고 그런 쪽지를 남긴 겨."

아 씨, 진짜.

"설마."

"설마가 아니라니께. 그 샘 기술자 그놈이여. 우리가 송아지 숨겨놓은 거, 그거 알고 우리한테 복수하려고 우리 은영이를 데려간 겨."

이건 또 무슨 소리?

"그걸 그놈이 어찌 알어?"

"엊그제 우리 은영이가 상엿집엘 갔댜. 그때 갸가 그걸 보고 그놈한테 얘기한 겨. 그러니께 그놈이 송아지랑 우리 은영이를 다 델고 가버린 거여. 아이고, 이를 우짜면 좋아. 너는 왜 송아지를 거기다 숨겨가지고 이런 일을 만들어?"

"숨긴 게 아니라 밭에 가다보니께 그 옆에 있어서 어디로 도망가지 못하게 하려고 우선 넣은 겨. 샘 기술자한테는 말하지 말고 송아지 먹이를 넣어주라고 한 건 너잖어."

"그건 내가 아니고 가지마오가 그렇게 하라고…… 아이 씨, 가지마오는 왜 괜히 그런 짓을 저질러가지고! 아이고, 은영아. 아이고, 우리 딸 어떡하믄 좋아."

"지소에 신고를 하지 그랴?"

"신고해서 뭐라 그랴? 우리 동네 사람들이 짜고 송아지를 상엿집에 숨겨놨었는디 그놈이 그걸 알고 내 딸을 납치해 갔다 그랴?"

"그건 우리가 시작한 기 아니잖어. 애초에 송아지를 풀어준 건 가지마오니께 우린 잘못한 거 없지."

"그런 말 하지 말어. 가지마오 아들, 그 장군한테 그런 소리 들어가면 어쩔라고 그랴? 다 죽고 싶어?"

하루 종일 나를 찾는 사람들의 목소리가 들렸지만 나는 창고에서 나갈 수가 없었다. 내 기억 속엔 배꽃이 흐드러지던 그날 밤은 아름답게만 저장돼 있는데, 윗마을 아랫마을 사람들이 다 같이 모여 즐거운 시간을 보낸 것만 남아 있는데, 하얗게 쏟아지던 꽃비 속에서 내가 모르는 일이 벌어지고 있었다. 동네 사람들 모두에게 속은 기분, 생쥐에게 물린 것처럼 생각할수록 징그럽고 가려웠다. 그래서 다리를 벅벅 긁고 있는데, 춘입이 창문으로 얼굴을 삐쭉 들이밀었다.

"빼그녕 배 안 고프니?"

춘입이 문이 아닌 작은 창문으로 다리를 들이밀고 들어왔다.

"네가 혼자 있고 싶은 거 같아서 내가 창고 문을 잠가놨어. 너 여기 있는 건 나밖에 몰라."

춘입이 봉지에 싸가지고 온 주먹밥을 내밀었다. 지난번 다시는 오지 말라고 차갑게 날 쫓아내던 춘입이 떠올라 나는 고개를 돌렸다. 고개를 돌렸는데도 춘입이 만든 주먹밥에서 참기름 냄새가 솔솔 올라와 입에 침이 고였다. 전에도 먹어본 적이 있어 더 참기 힘들었다. 춘입이 도마에 돼지고기를 잘게 다지는 모습이 눈에 선했다. 경쾌한 칼질 소리. 갓 지은 쌀밥에 참기름과 소금, 깨소금을 넣어 슥슥 주걱으로 비빈 후, 간장 양념으로 볶은 고기를 가운데 넣고 동그랗게 만들어 야구공을 던지듯 폼을 잡던 춘입의 손.

춘입이 만든 주먹밥도, 춘입의 손도 그때와 똑같은데 왜 나는 그때처럼 웃으며 주먹밥을 먹을 수 없을까.

"프랑크를 우리 외양간에서 내보낸 건 가지마오라도 저기 묻은 건……"

그래. 춘입과 법대생이 샘 아저씨를 죽였다. 샘 아저씨보다는 춘입을 더 좋아했지만 그래도 이건 아니다.

"서울 가는 버스비만 주면 춘입 얘긴 안 할게."

"응?"

"그날 밤에 법대생만 봤다고 할 거야."

춘입이 우리는 더 이상 친구가 아니라고 했지만 나는 아직 이별을 받아들이지 못했으니 춘입은 여전히 내 친구였다.

"그게 무슨 소리야?"

"저기 배밭에 나무 상자를 쌓아놓은 곳. 그 아래 뭐가 묻혀 있는지 안다고."

춘입의 얼굴이 굳었다.

"샘 아저씨잖아!"

"빼그넝……"

얼굴이 하얗게 질린 춘입의 입에서 우웩우웩 구토가 나왔다. 고개를 돌리고 한참을 토하던 춘입이 다시 날 돌아봤을 때, 눈까지 빨갛게 충혈되고 입에서는 역한 냄새가 나 다른 사람 같았다. 내가 무서워 뒤로 한 발 물러나자, 춘입이 더 차가운 표정으로 나를 보았다. 나는 춘입이 나까지 죽일까봐 문을 향해 뛰어갔다. 밖에서 잠겨 있어 문은 꿈쩍도 하지 않았다. 나는 문을 두드리며 살려달라 소리쳤다. 하얗고 큰 손이 내 입을 막았다. 그건 춘입의 손이 아니고 법대생의 의수라 나는 까무러칠 것 같았다.

"나랑 한 가지만 약속하면 여기서 나가게 해줄게."

목소리도 법대생 같았다.

"뭐, 뭔데요?"

"그날 밤에 본 걸 기억에서 지워줘. 저 배밭에는 아무것도 안 묻힌 거야."

나는 하얗고 큰 손이 무서워서, 얼른 이곳을 빠져나가고 싶어서 거짓말을 했다.

"알았어요."

"진짜지?"

"예."

"그럼 손가락 걸어."

나는 새끼손가락을 내밀었다. 하얗고 큰 손이 내 손을 덥석 잡았다.

"손가락 하나 가지고는 안 돼. 이 다섯 개 다 걸고 약속하는 거야."

약속을 못 지키면 법대생처럼 손이 싹둑 잘릴 거 같아 두려웠다.

"지킬 수 있어?"

나는 자신 없이 고개를 끄덕였다.

"자, 이제 내 등에 올라타."

춘입이 창문 아래로 가서 허리를 구부렸다. 나는 춘입의 등을 밟고 올라섰다. 그 순간 춘입이 내 몸을 두 손으로 감싸며 몸을 세우고는 내 다리에 팔을 둘렀다. 나는 춘입의 함정에 빠졌다고 생각해 발버둥을 쳤다.

"그사이 정말 많이 컸구나. 우리 빼그녕."

그 말이 너무 젖어 있어서, 소쿠리로 건지기 전의 채소처럼 물기가 너무 많아서 기운이 쪽 빠졌다.

"자, 됐어. 이제 나가."

춘입이 나를 내려주고 다시 등을 구부렸다. 나는 그 등을 밟고 올라가 좁은 창문으로 나가려고 두 손을 머리 위로 쭉 뻗었다. 프랑크가 처음 세상에 태어날 때 그랬던 것처럼.

샘 아저씨가 날 납치해 갔다고 안절부절못하던 아빠는 내가 마당에 들어서자 귀신이라도 본 것처럼 놀랐다. 엄마는 날 끌어안고 어디 다치지는 않았냐면서 내 옷 속을 샅샅이 뒤졌다.

"나쁜 놈들."

"어? 나쁜 놈들이 널 데려갔었어? 어떤 놈들이야?"

바로 당신들이라고. 샘 아저씨를 죽인 춘입이랑 법대생만 나쁜 게 아니라 가지마오도, 엄마 아빠도, 동네 사람들도 다 나쁜 놈들이니 감옥에 가야 한다고 말하고 싶은 걸 난 꿀꺽 참았다.

춘입에게 손목을 잘릴까봐, 그래서 법대생처럼 하얗고

큰 의수를 하게 될까봐 겁이 나서가 아니라, 어떻게 해야 이 나쁜 놈들을 다 감옥에 보낼 수 있을지 그 방법부터 먼저 찾아야 하기 때문이다. 동네 사람들을 다 감옥에 보내고 나면 어린애들만 남는데 우리끼리 잘 살 수 있을까 그 문제도 고민이 됐다.

내가 아무 말 안 하고 스케치북에 낙서만 하고 있으니 엄마 아빠가 내 눈치를 살폈다. 샘 아저씨가 지소에 자기들을 신고했을까봐 안절부절못하고, 전화벨이 울릴 때마다 깜짝깜짝 놀랐다.

나는 드디어 방법을 찾아냈다. 그리고 걱정거리도 해결했다. 나쁜 짓을 한 사람들을 다 감옥에 보내도 괜찮다. 우리한테는 멍석의 할머니들이 있으니까.

난 어른들 몰래 배밭에 묻힌 샘 아저씨를 파내기로 했다. 그러고 나서 지소에 신고하면 그들도 내 말을 믿을 수밖에 없을 것이다.

비가 오는 날은 춘입이 배밭에서 일을 하지 않으니까 그때를 노려야 한다. 나는 칠성님께 비를 내려달라고 간절히 기도했다. 산에는 가지 않았다. 지난번에 내가 상엿집까지 가는 '특별한' 정성을 보여줬는데 소원도 빌지 않고 내려왔으니 이번에는 그냥 소원만 비는 게 셈이 맞다.

역시 내 계산대로 칠성님은 바로 내 소원을 들어주었다. 아침부터 장대비가 쏟아졌다. 나는 우산을 쓰고 학교에 가려고 집에서 나온 희숙이와 아이들을 막아섰다. 찬장 속 엄마의 단지에서 훔친 돈을 흔들며 오늘 나를 도와달라고 부탁했다. 힘이 센 남자아이들에게는 돈을 더 많이 주겠다고 했다.

희숙이와 향자 그리고 송가네 남자아이들 셋이 하겠다고 했다. 그 아이들이 상자를 치우고 땅을 파는 사이 나는 망을 보았다. 혹시 샘 아저씨를 꺼내기도 전에 춘입이나 법대생이 오면 안 되니까.

아이들은 땅을 파기도 전에 온몸이 다 젖었다. 희숙이가 우산을 쓰고 장화를 신고 있어 젖지 않은 나를 보며 불평을 터뜨렸다.

"왜 너는 안 해?"

"나는 망을 보잖아."

"그럼 내가 대신 망볼 테니까 네가 땅 파."

"아냐. 내가 망볼래."

"나도!"

"내가 먼저 말했잖아!"

"싫어. 내가 할 거야!"

애들이 삽을 다 집어던지고 서로 망을 보겠다고 싸워댔다. 그러다 돈을 달라고 나한테 달려들었다.

"아직 일이 다 끝나지도 않았잖아."

"학교에 안 간 거 알면 우리 아빠한테 나 맞아 죽어. 그러니까 빨리 돈 내놔. 나 학교에 가야 돼."

"나도."

"일을 다 끝내야 나는 돈을 준다고 그랬어. 그러니까 니들이 그냥 가면 돈은 없어."

"그런 게 어딨어!"

애들이 한꺼번에 달려드는 바람에 나는 바닥으로 넘어지고 내가 들고 있던 우산은 저만치 날아갔다. 아이들은 내 호주머니를 뒤져 돈을 꺼내가지고 달아났다. 조폭 같은 놈들. 송가네 아이들이야 그렇다 치고, 같은 백가인데 희숙이마저 날 혼자 흙바닥에 남겨두고 가다니. 샘 아저씨의 말이 맞았다. 어른이고 애새끼고 다 못돼처먹은 아주 드러운 동네다.

샘 아저씨를 위해서 그래 그럼 나 혼자라도 하겠어. 아저씨는 날 데리고 냇가에도 가고, 라면도 세 개나 끓여주었으니까. 산에 가서 진달래도 따주고 손도 잡아주었으니까.

나는 일어나 삽을 들었다. 한 삽을 푸는데도 온몸이 후들거렸다. 비가 너무 쏟아져 흙이 더 무거웠다. 머리에서 떨어지는 물 때문에 앞이 보이지도 않았다. 애초에 나무 상자가 놓여 있던 곳이 어디인지도 헷갈렸다. 아이들이 제멋대로 나무 상자를 던져놔 원래 있던 자리를 찾는 게 어려웠다. 그날 밤을 다시 떠올려 찾아야 했다. 불빛을 보고 배밭 입구에서 나는 오십여섯 걸음을 걸어왔다. 그때 달을 가리고 있던 구름이 옆으로 비켜났고, 삽과 도끼를 들고 있는 춘입과 법대생이 저기 보였다.

나는 배밭 입구로 가서 그때처럼 오십여섯 걸음을 걸었다. 춘입과 법대생이 있던 곳으로 다시 걸음을 옮기는데 '이요이요' 울어대는 경찰차 소리가 들렸다. 아직 샘 아저씨를 파내지도 않았는데 왜 벌써 왔지?

아이들이 내 돈만 가져간 게 미안해 학교 가는 길에 신고를 했을지도 모른다. 이번에는 송가네 아이가 한 명만 간 게 아니라 넷이나 함께 갔으니 송가네 편인 경찰들도 무시하지 못했을 것이다.

배밭에서 보니 차에서 내린 경찰 둘이 면장네로 가고 있었다. 여기 와서 증거부터 먼저 확보해야지, 바보들!

나는 그들이 이곳에 오기 전에 나 혼자 힘으로 샘 아저씨를 꺼내려고 마지막 힘을 쏟아부었다. 비 때문에 흙이 더 단단해져 삽을 꽂기도 힘들었다. 어차피 경찰들이 이곳까지 왔으니 땅은 그들한테 파라고 하는 게 나을 것 같아 나는 계획을 바꿨다. 나는 배밭에서 나와 면장네로 갔다.

지난번에 지소에서 보았던 경찰이 손톱을 물어뜯으며 뜨락을 서성거렸다. 다른 경찰은 마루에서 전화를 하고 있었다. 법대생이 그 옆에 멍하니 앉아 있었다.

"여기가 아니고 저기 배밭이에요. 샘 아저씨는 저기 배밭에 있다니까요!"

내가 마당으로 들어가 소리를 치자 뜨락에 있는 경찰이 나가라고 손짓을 했다.

"애들은 이런 데 오는 거 아냐. 얼른 집에 가."

"내가 직접 본 사람이에요. 샘 아저씨가 어디 있는지 그 애들한테 알려준 사람이 나라니까요."

빗소리 때문에 내 말이 안 들리는 것 같아 나는 경찰이 있는 뜨락으로 뛰어갔다. 전화를 하고 있던 경찰이 놀라 다른 경찰에게 소리쳤다.

"얼른 시체부터 덮어."

이미 흙으로 덮여 있는데 뭘 덮으라는 얘기지?

뜨락에 있던 경찰이 후다닥 마루를 지나 방 안으로 들

어갔다. 그가 닫지 않은 미닫이문 사이로 방바닥에 누워 있
는 두 사람이 보였다.

6

독
살

춘입이 면장네의 밥에 농약을 넣고, 면장 할아버지 할머니가 죽자 집 안에 있던 돈과 패물을 가지고 도망치려다 터미널에서 붙잡혔다고 했다. 법대생에게 새 여자를 붙여줬던 것에 춘입이 앙심을 품고 그런 일을 저지른 거라고.

송가네 사람들의 이야기였다. 백가네 사람들은 다른 이야기를 했다. 처음 지소에 신고한 사람이 법대생인데, 집에 와보니 부모님이 밥상 앞에서 죽어 있었다는 건 거짓말이고 자신이 농약을 먹여 부모를 죽인 거라고 했다. 그동안 절에 가서 공부했다는 것도 다 거짓말이고 만날 술집에서 시간을 보냈는데, 하기 싫은 고시 공부를 부모가 계속 강요하니까 죽인 거라고.

면장네를 죽인 농약은 배밭에 사용하는 거라 배밭 창고에 있었는데, 농사의 농자도 모르는 법대생이 그걸 어떻게 알았겠냐고, 그 농약을 가져간 사람은 춘입일 수밖에 없다고 송가네는 반박했다. 면장네가 죽어서 송가네 가장 큰 어른이 된 향자네 큰아버지는 춘입이 샘 기술자와 눈이 맞아 면장네를 죽이고 야반도주를 하려다가 잡힌 거라고 목소리를 높였다. 춘입이 샘 기술자와 산에서 노닥거리는 걸 자기가 봤다고.

그 말에 백가네도 더 이상 왈가왈부하지 않았다. 그 산에는 나도 같이 있었는데, 향자네 큰아버지는 내 얘긴 하지 않았다. 아빠는 동생들 몰래 나만 살짝 자전거에 태우고 읍에 나가 찐빵을 사주며 춘입이 진짜 샘 기술자와 연애를 했냐고 물었다. 나는 친구의 비밀을 지켜줘야 하기에 무슨 말인지 모른다는 표정을 지었다.

"연애가 뭔데?"

"아, 그러니께 그게 남녀 사이에 서로 좋아하고 뭐 그런 거 말이여. 손을 잡는다거나 뽀뽀를 한다거나, 뭐 그런 거 본 적 없어?"

그런 건 본 적 없기에 나는 아니라고 했다. 산에 갔을 때도 샘 아저씨가 손을 내밀었지만 춘입은 잡지 않았으니까.

"전에 너랑 셋이 있을 때 보니까 분위기가 쫌 요상해서 물어본 거여. 둘이 진짜로 아무 사이도 아니었어?"

"그랬으면 법대생이랑 같이 샘 아저씨를 죽여 배밭에 파묻지 않았지. 면장네 할아버지 할머니도 춘입이랑 법대생 둘이 같이 죽였을 거야."

"야가 전설의 고향보다 더 무서운 얘기를 하고 있네. 어디 가서 그런 얘기 절대 하지 마. 알았어?"

아빠는 괜히 찐빵을 사줬다는 듯 얼굴을 찌푸렸다.

"왜 대답 안 햐?"

그래도 내가 끝까지 찐빵만 먹고 대답을 안 하니까 아빠는 집에 갈 때는 자전거 안 태워준다고 화를 냈다. 그리고 진짜로 나를 안 태우고 혼자 출발했다. 빨리 가지도 않고 일부러 내 옆에서 자전거를 타고 8자로 왔다 갔다 핸들을 틀어대며 지금이라도 아빠한테 잘못했다 사과하고, 아빠 말 잘 듣겠다 약속하면 자전거를 태워주겠다고 꼬셨다. 나는 조금도 흔들리지 않았다. 내가 말한 건 진실이니까.

지소가 아닌 큰 경찰서에서 형사들이 왔다. 백가네와 송가네가 하는 이야기들을 다 듣고, 내 얘기도 들었다. 면장네만 죽은 게 아니고 배밭에 죽은 사람이 또 묻혀 있다는 말에 아빠처럼 덜덜 떨지 않고 형사들은 오히려 더 좋아했다.

가장 나이 많은 형사의 지시로 배밭에 포클레인이 들어

가 땅을 팠다. 포클레인 기사가 흙을 걷어내고 더 깊이 삽을 집어넣다가 뭐가 있다고 하자 형사들이 분주하게 구경하는 사람들을 바깥으로 밀어내고 안으로 못 들어오게 줄을 쳤다. 나는 예외였다. 형사 아저씨는 날 자기 옆에 두고 기사에게 신호를 보냈다. 줄 바깥에 있는 아이들이 나를 부럽게 바라봤다. 모두가 숨을 죽이고 포클레인 삽만 쳐다보는데, 포클레인이 들어 올린 시체를 내 앞에 쏟아냈다. 내 옆에 있던 형사들의 얼굴이 일그러졌다.

"사람이 아니잖아. 이게 뭐야?"

땅속에서 나온 것은 샘 아저씨가 아니라 송아지, 우리 프랑크였다. 프랑크가 태어난 지 427일째 되는 날이었다.

요 며칠, 북두칠성을 보며 나는 더 이상 프랑크가 돌아오게 해달라고 기도하지 않았다. 샘 아저씨에게는 미안하지만, 아니 샘 아저씨는 이미 죽었으니까 프랑크가 신선이 될 때까지 산에서 살게 해달라 빌었다. 그럼 내가 프랑크를 볼 수 없지만 그래도 괜찮다고. 그게 더 프랑크를 위한 거라면 내가 희생하겠다고. 그런데 벌써 죽어 이렇게 썩어가고 있었다니!

나는 땅속에서 샘 아저씨가 나온 것보다 더 충격적이고 슬픈데 경찰들은 노골적으로 실망한 표정을 지었다. 동그랗게 줄을 친 배밭 바깥에서 구경하던 마을 사람들은 아빠를 향해 눈을 흘기고, 아빠는 어쩔 줄 몰라하며 나한테 화를 냈다.

"은영이 너 하여간, 이따 집에 가서 봐."

포클레인 기사에게 땅을 파라고 지시했던 형사는 다시 송아지를 원래 자리에 묻으라고 했다. 나는 안 된다고 소리치며 프랑크에게 가려 했지만 아빠가 달려와 붙잡았다. 그 사이 포클레인이 프랑크를 구덩이에 내던졌다. 프랑크와 함께 피가 묻은 삽과 괭이가 같이 떨어졌지만 아무도 관심을 가지지 않았다. 포클레인이 밖으로 파놓은 흙을 그 위로 밀어 넣었다.

일이 다 끝나자 나이 많은 형사가 나를 불렀다.

"왜 거짓말을 했니?"

"거짓말한 거 아니에요. 그날 밤 춘입이랑 법대생이 여기서 무얼 파묻고 있었는데 다음 날부터 샘 아저씨가 안 보여서 샘 아저씨가 묻혀 있다고 생각한 거예요."

경찰은 허리춤에 차고 있는 수갑을 만지작거리며 내게 말했다.

"거짓말하면 너 감옥 간다. 너 감옥이 뭔 줄 아니?"

"알아요. 닭장보다 더 튼튼하고 좁고 한 번 들어가면 나올 수 없어 가족들과도 만날 수 없고 우리 집은 망하는 거예요.”

“그래. 그런 걸 다 알고 너 참 똑똑하구나.”

“우리 프랑크를 죽인 사람들도 감옥에 보내주세요.”

“응?”

“거짓말하는 것보다 그게 더 나쁜 거잖아요!”

“그렇긴 한데, 소보다는 사람을 죽인 범인을 찾는 게 더 먼저라…… 아까 그 송아지가 니네 송아지니?”

“아뇨. 샘 아저씨한테 팔았어요.”

“그럼 더 안 되겠네. 이런 일은 소 주인이 범인을 잡아 달라 신고를 해야 조사를 할 수 있거든.”

“그런 게 어딨어요?”

“그만 그만. 아저씨가 바쁘니까 나중에 얘기하자, 꼬마야.”

경찰들이 떠나자 아빠는 프랑크 곁을 떠나지 않으려고 배나무를 붙잡고 버티는 나를 질질 끌고 집으로 갔다. 온 동네 사람들이 다 들으란 듯이 큰 소리로 야단을 쳤다.

“너 진짜 왜 이러는 겨! 아빠가 하지 말라믄 하질 말아야지. 왜 이렇게 말을 안 듣고 아빠를 망신시켜!”

“놔. 프랑크한테 가야 한단 말이야. 내 손 놓으라고!”

내가 안 끌려가려고 버둥거릴수록 아빠는 더 세게 날 잡아당겼다. 땅바닥에 대고 있는 엉덩이가 끌려가며 불이 날 것 같았다. 엄마는 내 엉덩이보다 새 바지 다 찢어지겠다고 걱정했다. 그러자 아빠가 날 번쩍 집어 짐짝처럼 옆구리에 끼었다. 그 바람에 내 얼굴이 아빠의 엉덩이 위에서 달랑거렸다. 머리칼이 다 쏟아져내려 앞도 보이지 않는데, 구경하던 아이들의 웃음소리는 잘 들렸다. 어른들은 일부러 집에서 나와 한 소리씩 보탰다.

"쬐끄만 게 어째 그렇게 사고를 친댜?"

"이런 아들은 어렸을 때부터 혼구녕을 내줘야 말을 잘 들어."

그런 말을 들을 때마다 아빠는 옆구리에 낀 내 엉덩이를 펑펑 때렸다. 아파서가 아니라 슬퍼서 나는 큰 소리로 울었다. 프랑크가 죽었는데 아무도 슬퍼해주지 않는 게 더 슬퍼서 내 울음은 점점 커졌다.

집에 다 도착해 아빠가 나를 마루에 내려놔도 나는 울음을 그치지 않았다. 엄마가 뚝 그치라고 옆구리를 꼬집어도 멈추지 않았다. 멈출 수가 없었다. 큰집 할머니가 담장 위로 얼굴을 내밀고 나를 쳐다봤다.

"쟈 같은 울보들한테는 매미 허물을 삶아 먹이믄 안 운다더라."

엄마가 혹해서 담장으로 다가갔다.

"매미 허물이요? 그걸 어디서 구해요?"

"한여름은 돼야 매미들이 허물을 벗으니께 그때 가서 찾아야지. 산에 가믄 나무에 많이 붙어 있댜."

"그래요?"

엄마가 매미 허물에 정신을 빼앗긴 사이 나는 슬금슬금 대문으로 갔다. 엄마나 아빠에게 들키지 않으려고 울음소리는 계속 냈다.

대문을 나서자마자 나는 프랑크가 묻힌 배밭까지 숨도 쉬지 않고 뛰어갔다. 프랑크. 프랑크. 우리 프랑크 불쌍해서 어떡해.

그런데 프랑크가 묻힌 자리에 생각지도 못한 사람이 나처럼 울고 있었다. 가지마오였다. 가지마오가 땅바닥에 주저앉아 통곡을 했다.

"아이고, 아까운 내 송아지. 아이고, 아까운 내 돈!"

프랑크가 왜 자기 송아지야? 너무 어이가 없어 절대 멈추지 않을 것 같았던 눈물이 뚝 그쳤다.

"아이고, 그 나쁜 놈한테 속았어. 아이고, 천하에 나쁜 놈. 이놈의 사기꾼! 어디 두고 보자 이놈. 내 아들이 누군데

감히 날 속여?"

가지마오는 자리에서 일어나더니 휘적휘적 배밭을 빠져나갔다. 나는 아예 눈에 보이지 않는 모양이었다.

가지마오가 없으니 이제 다시 울려고 했는데 눈물이 나오지 않았다. 프랑크가 죽어서 내가 얼마나 슬픈지 프랑크 앞에서 보여줘야 하는데 그럴 수 없어 속상했다. 나는 대신 프랑크에게 약속했다.

"프랑크. 내가 널 죽인 사람들한테 꼭 복수해줄게."

맹세의 의미로 내가 가장 좋아하는 꽃핀을 빼 프랑크가 묻힌 곳에 파묻었다.

밤이 되자 가지마오의 별 단 아들이 자가용을 끌고 서울에서 내려왔다. 윗마을의 송가네 아이들까지 다 내려와 장군의 자가용을 구경했다. 가지마오가 나보고 아이들을 쫓으라고 했다. 안 그러면 장군이 사가지고 온 과자 선물 세트를 하나도 안 준다면서.

프랑크가 땅속에 묻혀 있어 과자 먹고 싶은 마음도 없었지만 가지마오가 너무 치사하게 굴어 나는 아이들을 내쫓지 않았다. 마을 아이들이 하나도 빠짐없이 그 자가용에 손자국을 남겼다.

그날 밤 장군이 서울로 돌아가기 전에 아빠가 장군의 차에 쌀자루와 고춧가루, 참기름 보따리를 실었다. 장군은 물건들이 실린 트렁크를 보고 뭘 이런 걸 주냐고 아빠를 나무랐다. 그래서 난 얼른 아빠가 실은 보따리를 내리려고 했는데 아빠가 내 손을 찰싹 쳤다. 장군이 차에 타고 떠나기 직전 나는 장군에게 소리쳤다.

"우리 프랑크를 죽인 사람들을 감옥에 가둬주세요."

장군이 무슨 말인 줄 몰라 아빠를 쳐다보자 아빠가 한 손으로는 내 입을 막고 한 손으로 손사래를 쳤다.

"아무것도 아니에요, 형님. 어여 조심히 올라가세요."

장군의 차가 출발하자 큰집 할머니는 엄마한테 푸념을 했다.

"그놈의 빨갱이들 때문에 여기까지 내려와서도 하룻밤을 못 자고 가네. 제 부모보다 나라가 먼저인 사람이께."

"그런데 갑자기 왜 내려왔대요?"

"난들 알아? 저 양반이 괜히 바쁜 애한테 전화를 걸어 죽는소리를 해가지고."

이번에도 가지마오는 선물 세트에서 밀크캐러멜과 가장 비싼 비스킷을 빼고 줬다. 다른 때 같았으면 엄마가 그걸 아빠한테 몇 번이나 일러바치고 가지마오의 흥을 봤을 텐데 오늘은 다른 일에 정신이 팔려 그 얘기는 하지도 않았다. 이 부자리에 누워서 코를 골고 자는 아빠를 깨워 말을 시켰다.

"여보, 왜 가지마오가 갑자기 아들을 불렀을까?"

"장군."

"뭐?"

"우리 아들이 장군…… 별을 세 개나 달았어."

아빠는 꿈속에서도 너무 좋아 히죽히죽 웃어댔다.

"으이그, 인간. 그렇게 좋은 꿈은 같이 꿔야지 왜 혼자만 꿔! 나도 그 꿈속으로 데리고 가."

엄마가 가운데서 자고 있는 혜영이와 준수를 엄마의 오른쪽으로 옮기고 아빠 옆에 바짝 달라붙었다. 내가 할마랑 마실 간 줄 알고 또 동생을 만들까봐 나는 큰 소리로 외쳤다.

"안 돼!"

엄마 아빠가 깜짝 놀라 동시에 벌떡 일어났다.

"프랑크 죽으면 안 돼!"

나는 잠자는 척 눈을 감았다. 아빠가 물끄러미 나를 바라보다가 양말을 벗겨주었다.

"아빠가 무슨 애를 그렇게 무식하게 끌고 오냐? 애 엉덩이 다 까지면 어쩔라고."

"나 무식한 거 이제 알았냐?"

"옛날부터 알고 있었는데 나이 들수록 더 무식해지니까 그러지."

"뭐?"

"애들 자는데 큰 소리 내지 말고 그냥 자."

엄마가 다시 혜영이와 준수를 아빠 자리 쪽으로 옮기고 누웠다. 아빠가 자리에 누워 씩씩거렸다.

"여편네가 자기 남편한테 무식이 뭐냐, 무식하게."

오늘도 부부싸움이 짧게 끝나지 않을 것 같아 나는 베개로 귀를 막았다.

경찰들이 떠나고 면장네 집은 쭉 비어 있었다. 춘입이 면장네를 독살했다고 자백해 구치소에 갇히고 법대생은 조사를 받는다고 했다. 그사이 비가 내려 면장네 마당에는 풀이 수북하게 자랐다. 춘입이 있었을 땐 볼 수 없었던 풀이었다. 면장네 할아버지와 할머니가 그렇게 죽고 나서 사람들은 이 집에 발길을 끊었다. 쳐다보는 것도 무서워서 이쪽으로는 고개도 안 돌렸지만 나는 아니었다.

프랑크와 같이 흙 속에 묻혀 있던 삽과 괭이 때문이었다. 그날 밤, 춘입은 삽을 들고 법대생은 도끼를 들고 있었는데, 왜 그곳에는 삽과 괭이가 있었을까? 도끼는 어디로 갔지?

우리 프랑크는 괭이로 맞는다고 죽지 않는다. 그러니까 분명 도끼로 죽였을 것이다. 할마가 혹시 또 은비녀를 줄까 봐 엿장수는 우리 동네에 올 때마다 우리 집을 기웃거렸는데, 가끔씩 나한테 책을 주고 가기도 했다. 그중에는 탐정이 나오는 책도 있었는데, 그 책에 가장 많이 나오는 말이 '증거'였다. 나는 '도끼'가 바로 그 증거고 아주 중요하다는 걸 직감했다. 그래서 두 사람은 도끼를 숨겨놓은 거다. 그러니까 나는 반대로 그 도끼를 찾아야만 한다.

면장네 집을 들락거리며 꼼꼼히 뒤졌지만 방에도 부엌에도 광에도 내가 찾는 도끼는 보이지 않았다. 변소와 헛간을 살피지 않았던 게 생각나 나는 마당 구석에 있는 변소로 갔다. 변소 옆 헛간에는 아궁이의 재를 퍼다 모아놓는 곳이 있고 가래와 빗자루도 있었는데 도끼는 없었다. 그리고 구석에 농약병이 하나 있었다.

나는 그것과 똑같은 걸 배밭 창고에서 보았다. 가출하려고 나왔다가 차비 때문에 돌아온 후 너무 졸려 창고에 자러 들어갔을 때 말이다. 창고 문 쪽 옆으로 이 병과 똑같은 농약병들이 있었고 아홉 개였다. 나는 호기심이 생겨 배밭 창고로 갔다. 그때처럼 문을 열고 보니 역시 농약병들이 전처럼 상자 안에 놓여 있었다. 그런데 여덟 개였다.

내 기억 속에는 분명히 아홉 개였다. 세 개씩 나란히 세 줄로 놓여 있었다. 그걸 보고 나는 세 걸음 더 걸어가 저기 있는 신문지를 깔고 덮고 잠을 잤다. 그리고 한참 후에 누군가 들어왔다. 면장네 할아버지였다. 춘입인 줄 알고 신문지를 내렸다가 얼른 덮었다. 면장 할아버지는 금방 창고를 나갔다.

헛간에 있던 농약병은 면장 할아버지가 여기서 가져간 게 분명했다. 그 생각을 하며 창고에서 나오는데 누군가 배밭을 서성거리는 게 보였다. 법대생이 돌아온 건가 싶어 봤더니 멀쩡한 팔과 손이 있는 사람이고 처음 보는 사람이었다. 큰 경찰서에서 왔던 형사가 우리 프랑크를 죽인 범인을 잡으라고 보낸 사람일지 몰라 나는 그쪽으로 다가갔다.

"누구세요?"

법대생보다 나이가 한참 많아 보이는 남자가 날 흘끔 쳐다보고는 무시하고 배밭을 다시 한번 바라보았다. 춘입이 있었다면 배 열매를 마저 솎아주고 있었을 텐데 주인이 없어 작은 배들은 주렁주렁 매달린 채 가지를 늘어뜨리고 있었다.

낯선 남자가 배밭 밖으로 걸어 나갔다. 저런 어른들에

대해 나도 좀 안다. 어린애라고 아예 상대하지 않는 사람들. 그런 사람들 치고 괜찮은 인간들은 없다는 게 그동안의 내 경험으로 얻은 결론이다.

남자는 지나가는 동네 사람에게 뭘 묻더니 면장네 집 쪽으로 걸어가 또 기웃거렸다. 왠지 모르게 불쾌했다. 아직도 내가 춘입을 내 친구라고 생각하나? 아니 절대 그건 아니다. 면장네를 독살시켰다고 해도 나는 계속 춘입의 친구가 돼줄 수 있지만 우리 프랑크를 죽였으니 이젠 절대 그럴 수가 없다.

남자가 다시 동네를 내려가 우리 집 쪽으로 갔다. 이번에는 내 말을 무시 못하게 한마디 해주려고 나는 집 쪽으로 뛰어갔다.

수술을 받은 후 걸음마를 하기 시작한 혜영이가 마루에서 혼자 놀고 있고, 그 옆에 남자와 아빠가 앉아 있었다. 부엌에서 나온 엄마가 남자에게 미숫가루 탄 물을 건넸다.

"우리는 전혀 그런 줄 몰랐어요. 세상에 남편까지 있는 여자일 줄이야."

"3년 동안 여기저기 안 찾아다닌 데가 없어요. 그래서 집사람이 죽은 줄로만 알았는데 경찰서에서 연락이 와 까무러칠 뻔했다니까요."

"세상에 세상에. 우리가 춘임한테 완전 속았네."

"그 여자 이름은 춘임이 아니라 정혜예요. 이정혜."

"혜? 그럼 이름까지 다 가짜였단 말이네!"

엄마가 너무 호들갑을 떨어 충격을 느낄 틈도 없었다.
나는 그 남자를 방해하지 않고 이야기를 더 듣고 싶어 헛간
으로 몸을 숨겼다. 혜영이가 마루 끝까지 걸어가 뜨락으로
떨어질 듯 아슬아슬한데도 엄마랑 아빠는 남자한테 정신이
팔려 쳐다보지도 않았다.

"법대생도 완전 속은 거 아녀. 그런 줄도 모르고 집에
데려와 자기 부모까지 잃고 어쩌면 좋댜."

"아니, 그 남자는 정혜가 나랑 결혼한 거 이미 알고 있
었어요. 둘이 안 지 오래됐거든요."

"혜. 그럼 유부녀인지 알면서도 둘이 도망을 친 거라 이
말이에요?"

"그게…… 뭐 결과적으로는 그렇게 된 거죠."

"아휴, 시상에 시상에 어떻게 그런 일이……"

"우린 같은 공장을 다녔는데 아내가 나쁜 사람들한테
물이 들어 좀 나쁜 짓을 했어요. 그래서 내가 말리고 야단을
쳤는데도 들어먹질 않다가 결국 경찰서까지 끌려가고. 난

계속 집엘 안 오길래 경찰서에서 어떻게 된 줄 알았어요."

"아휴, 면장네가 그렇게 구박을 해도 그저 듣고만 있어 참 순한 여자다 했더니 아주 독한 여자였네요. 하긴 그러니까 시부모에게 독약을 먹이지."

"입조심햐. 시부모는 무슨. 본 남편 앞에 두고서."

아빠가 엄마를 향해 눈을 흘기자 엄마가 얼른 손으로 자기 입을 막았다.

"죄송합니다."

"아, 그러실 거 없어요. 그리고 제가 여기 온 건 탄원서를 좀 받고 싶어서예요."

"예?"

"정혜가 나한테는 정말 못할 짓 했지만 사람을 죽일 수 있는 여자는 아니거든요. 그것도 둘씩이나."

"그럼 춘입을 위해서 우리보고 탄원서를 써달라 이거예요?"

"춘입이 아니고 이정혜라잖어!"

엄마가 아빠한테 핀잔 들은 걸 복수하듯 목소리를 높였다.

"아, 맞어. 그러니까 이정혜를 위해서 그런 걸 써달라는 거예요?"

"예. 맞습니다. 돌아가신 그분들과 같이 산 동네 사람들이 정혜 편을 들어주면 아무래도 재판받을 때 도움이 될 거같아서……"

"송가네는 어림도 없고, 백가네들도 하려고 잘 안 할 건데."

"그럼 우선 두 분이라도."

"예?"

엄마랑 아빠가 서로 눈을 마주치더니 엄마가 갑자기 소리를 질렀다.

"애가 마루에서 떨어지려 하는데 애도 안 보고 뭐 해요!"

"아이고. 큰일 날 뻔했네."

아빠가 아직 떨어지지도 않은 혜영이를 번쩍 안아 들고 엉덩이를 팍팍 두드렸다. 그래서 혜영이가 울자 엄마에게 떠넘기고 밭에 가야 한다며 지게를 지고 나갔다.

"그만 울어. 손님도 계신데 왜 이렇게 울어?"

말은 그렇게 하면서 엄마는 아빠보다 더 세게 혜영이의 엉덩이를 두드렸다. 남자가 귀청이 찢어지기 전에 가야겠다 생각할 때까지 혜영이를 울렸다.

머리가 영 안 돌아가는 줄만 알았는데 아빠의 예측도 맞을 때가 있었다. 동네 사람들은 춘입의 남편이 고개를 숙이며 부탁을 해도 탄원서를 쓰지 않았다. 면장네가 춘입을 재수 없는 여자라 구박하고, 애 못 낳는 여자라 괴롭힌 걸 다 알고 있면서도 동네 사람들을 속이고, 훌륭한 어르신들을 독살한 여자를 위해서는 한 글자도 써줄 수 없다고 고개를 절레절레 흔들었다. 말은 그렇게 했지만 탄원서를 어떻게 쓰는지 몰라 무조건 싫다고 한 사람들이 더 많았다. 희숙이네 엄마는 탄원서는커녕 글도 읽을 줄 몰라 자기 이름도 쓰지 못했다. 그래도 그 남자 앞에서는 가장 큰 목소리로 화를 냈다.

"그런 거 부탁하려면 다시는 우리 동네 오지 마세요. 우린 절대 그런 여자 용서할 수도 없으니까!"

아무 소득도 없이 떠나는 남자를 나는 졸래졸래 따라갔다. 아무리 봐도 춘입과 너무 안 어울려 춘입의 남편 같지가 않았다. 손이 두 개나 다 있는데도, 그 손으로 춘입을 때리는 걸 본 적도 없는데도 법대생보다 더 나쁜 놈 같았다. 나를 사람 취급도 안 해서 꼭 그렇게 생각한 건 아니다.

남자는 신작로까지 걸어가 버스를 기다렸다. 내가 그 옆에 쭈그리고 앉자 쓱 한 번 쳐다보고는 또 무시하고 담배를 피웠다.

"농약병이요."

남자가 그 말에 날 쳐다보았다. 남자가 뿜어내는 담배 연기가 내 얼굴로 쏟아졌다. 멍석의 할머니들도 담배를 피워서 담배 냄새도 한두 번 맡아본 게 아닌데, 남자가 뿜어내는 담배 냄새는 노린재를 씹었을 때처럼 메스껍고 불쾌했다. 그래서 아무 말도 하고 싶지 않았다.

"방금 뭐라 그랬니?"

"춘입은 나쁜 사람이에요. 우리 프랑크도 죽였어요."

남자가 날 물끄러미 바라보며 다시 담배를 빨아들였다. 그 남자가 연기를 내 얼굴에 다시 뱉어내기 전에 나는 일어났다.

그날 농약병을 집으로 가져간 사람은 춘입이 아니라 면장 할아버지라고, 그 이야기를 남자에게 해주려고 했었다. 하지만 남자를 보고 있자 마음이 바뀌었다. 춘입은 우리 프랑크를 죽였으니 감옥에 가는 건 당연하다.

남자가 다녀가고 동네 사람들은 만날 때마다 춘입의 이야기를 떠들었다.

"아니 어떻게 남편까지 있는 여자가 집을 나와 멀쩡한

총각이랑 여길 와?”

“멀쩡하긴. 손 병신이 뭐가 멀쩡햐?”

“둘이 야학인가 뭔가 거기서 만나 오래전부터 알고 있
었다니께 법대생이 손 그렇게 되기 전에 만났겠지.”

“근데 무슨 공순이가 데모를 하다 경찰서엘 가? 데모
는 대학생들이나 하는 거 아녀?”

“으휴, 넌 테레비도 안 보냐? 공장에서 뭐 종이에 써 들
고 소리치는 여자들 못 봤어? 경찰들이 들어가도 차라리 죽
이라고 버틴대잖어. 순 빨갱이들!”

“그런 여자가 왜 여기까지 와 그렇게 살았댜?”

“그러게 말이여. 혼자 배밭 일 다 하고 삼시 세끼 면장
네 밥 지극정성으로 차려주고, 세상에 선녀도 그런 선녀가
어딨었어?”

“그러니께 그게 다 꿍꿍이가 있어서 그랬던 거여. 재산
을 빼돌릴라 그랬던가.”

“재산은 무슨. 경찰에 붙잡혔을 때 춘입이 달랑 쌍가락
지 그거 하나 가지고 있댜. 우리 바깥양반이 집문서 땅문
서도 다 확인해봤는데 다 그대로 있더랴.”

“그럼 뭐여? 그 여자는 왜 여기 와서 면장네를 죽인 거
랴? 진짜 샘 기술자랑 도망가 살라고 그랬나?”

"그것도 이상혀. 면장네가 춘입을 쫓아낼라고 얼마나 그랬어? 샘 기술자 따라간다고 그러믄 얼른 보내줬을 텐데 뭐 하러 죽여?"

"그러네. 그럼 뭐여?"

"누가 알어. 빨갱이 속을."

송가네 백가네 할 것 없이 한목소리로 춘입을 빨갱이라 욕하면서 홀가분한 표정을 지었다. 온 동네 사람들이 그렇게 똘똘 뭉쳐 한 편이 되는 건 내가 태어나고 처음 있는 일이었다. 멍석을 펴고 누운 할머니들의 생각도 나와 같았다.

"춘입 덕분에 윗마을 제삿밥까지 다 얻어먹네."

"춘입이 우리 동네에 좋은 일 하고 갔어."

"그래도 면장네가 그렇게 됐는데 그런 말 하믄 안 되지."

"안 되긴 뭘 안 돼야. 그런 일 아니었어도 면장은 죽기 직전이었는걸."

"그 사람은 그렇지만 면장 마누라는 쌩쌩했잖어?"

"거긴 또 너무 쌩쌩해서 탈이지. 아무리 부모 없는 고아라고 남의 자식한테 그러면 쓰나."

"그건 그려. 다 자기 업보여."

배밭의 배들이 점점 커져갔다. 춘입이 있었다면 열매마다 배봉지를 씌워줄 텐데, 춘입이 없어 배들은 벌거벗은 채 커졌고, 새떼들의 먹이가 되었다. 날마다 더 많은 새들이 배밭으로 날아왔다. 쥐들도 나무를 타고 올라가 배를 갉아먹었다. 살찐 새들과 쥐들은 나를 봐도 도망가지 않았다.

"춘입과 법대생은 왜 우리 프랑크를 죽였을까? 샘 아저씨는 어디로 사라진 걸까?"

일부러 새와 쥐가 들으라고 큰 소리로 혼잣말을 했는데, 배를 쪼아 먹느라 바빠 심부름할 정신이 없었는지 하늘에서는 답변이 오지 않았다. 신의 심부름꾼들이 뭐 이래? 내가 투덜거리자 할마는 틀니를 딱딱 부딪치며 말했다.

"너는 니 엄마가 심부름 시킨다고 다 허냐?"

"아니."

"그렇께. 갸들도 땡땡이 칠 때도 있는 겨."

"그럼 할마가 대신 북두칠성한테 말해주면 안 돼? 할마는 신선이니까 할 수 있잖아."

할마는 고개를 저었다. 귀신은 원하는 만큼 살지 못하고 죽어 이 세상에 미련이 남아 사람들 일에 참견하고 끼어들지만, 신선은 살 만큼 산 자들이라 관심도 흥미도 없다고. 그런 일 하면 다른 신선들한테 손가락질 받는다고.

"사람들 사이에서 벌어지는 일은 사람들이 알아서 하는 겨. 그라고 너는 특별한 사람이잖어."

그래. 나는 특별한 사람이니까 나 혼자서도 할 수 있다. 사람의 발길이 닿지 않아 점점 정글처럼 변해가는 배밭에서 나는 새와 쥐를 쫓아버렸다. 계란프라이처럼 생긴 개망초를 뜯어서 프랑크가 묻힌 곳에 놓아주었다.

"동화책 속 그림들을 보면 무덤에 십자가가 꽂혀 있던데."

나도 프랑크의 무덤에 십자가를 만들어주고 싶어 주위를 뒤지다가 포클레인이 프랑크를 파냈을 때 같이 나왔던 삽과 괭이가 생각났다. 그걸 파내면 십자가를 만들어줄 수 있을 텐데.

그날 밤 나는 춘입과 법대생이 삽과 도끼를 들고 있다고 생각했었다. 그런데 다시 돌이켜보니 도끼처럼 보였던 그것은 괭이였던 것 같다. 춘입의 말이 옳았다. 누구나 실수할 때가 있는 거다. 오른손도 없는 법대생이 무거운 도끼를 들고 있었다면 그렇게 자루 끝 멀리 잡지도 못했을 것이고, 춘입이 법대생에게 무거운 도끼를 맡기지도 않았을 것이다.

그럼 할마랑 기도하러 산에 올라갈 때 들었던 도끼질 소리는 뭐였을까? 그 도끼질 소리 때문에 멧비둘기도 구국꾹

꾹 울다가 멈추고 풀벌레들도 쥐 죽은 듯 조용히 있었는데.

그 도끼로 프랑크를 죽이고 나중에 삽과 괭이로 땅을 파서 묻은 건가? 그런데 왜 삽과 괭이는 프랑크랑 같이 파묻고 도끼는 안 묻었지? 그 도끼는 도대체 어디 있냐고?

이미 샅샅이 면장네 집을 살펴봤지만 한 번 더 찾아봐야겠다 싶어 나는 면장네로 갔다.

아무도 없을 줄 알았는데, 춘입이 쓰던 아래채 방문이 열려 있었다. 그 안에 법대생이 누워 있었다.

"왜 우리 프랑크를 죽였어요?"

법대생이 문지방 위로 고개를 들고 날 바라보았다.

"그걸 왜 나한테 묻니?"

"그럼 누구한테 물어요? 그날 아저씨가 춘입이랑 같이 우리 프랑크를 죽였잖아요!"

"아닌데."

"그럼요?"

"네가 알면 안 된다고 춘입이 묻어주자 해서 그런 거뿐이야."

"진짜로요?"

"그래."

"손가락 걸 수 있어요? 남아 있는 다섯 개 모두?"

법대생이 몸을 일으키고 앉아 날 바라보았다.

"너 참 무서운 애구나."

피, 누가 누구한테 그런 말을 하는 거야. 살인자, 아니, 살송자, 살프자 주제에.

"춘입이랑 아저씨가 우리 프랑크를 죽인 거 아니면, 누가 우리 프랑크를 죽인 거예요?"

"그 샘 기술자."

"샘 아저씨가요? 왜요?"

"그건…… 그건 나도 모르겠어. 춘입이 도끼질 소리가 나 배밭에 와보니 배나무 한 그루랑 프랑크가 죽어 있었다고 했어. 그 남자는 사라지고."

"그런데 어떻게 샘 아저씨가 프랑크를 죽인 줄 알았어요? 보지도 못했는데?"

"그 배나무는…… 너도 알잖니."

춘입과 샘 아저씨가 같이 올라갔다가 꽃가지가 부러지던 날 밤, 나만 법대생을 본 게 아니라 법대생도 나를 보았다는 걸 그제야 알았다.

"다시 한 번만 물을게요. 정말로 우리 프랑크를 안 죽였어요?"

"피곤하니까 그만 가줄래?"

법대생이 일어나 문을 닫았다.

"대답해주면 나도 얘기해줄게요."

"아무 얘기도 듣고 싶지 않으니까 가. 내가 집에 왔다는 말도 동네 사람들한테 하지 말고."

법대생이 정말로 프랑크를 죽이지 않았다고 하면 나도 농약병 얘기를 해주려고 했다. 그런데 법대생도 춘입의 남편이라는 그 남자처럼 내 마음을 읽지 못하고 복을 차버렸다.

뭐 그럼 내가 손핸가? 다 자기들 손해지.

나는 마당에 크게 자란 풀들을 발로 차고 밖으로 나왔다. 여기 오기 전에는 없었던 새로운 고민거리가 생겼다. 법대생의 말이 아예 말도 안 되는 거짓말은 아닌 것 같아서다.

나는 다시 배밭으로 올라갔다. 춘입과 샘 아저씨가 올라가 있던 배나무는 잘린 채 그대로 있었다. 거칠게 여러 번 찍혀 있는 밑동을 보니 법대생의 말대로 도끼로 찍힌 게 분명했다.

춘입과 샘 아저씨가 이 배나무에서 떨어졌다. 그걸 법대생이 보고 샘 아저씨의 텐트를 망가뜨린 것까지는 쉽게 이해가 된다. 그래서 복수를 하려면 법대생을 죽였어야지 왜 이 배나무와 프랑크를 죽인 거지? 배나무는 법대생네 거니까 뭐 그럴 수도 있지만 프랑크는 샘 아저씨가 90만 원이나 되는 돈을 주고 산 건데?

샘 아저씨가 프랑크의 값이라고 가져온 돈을 세며 엄마가 고개를 갸웃거렸던 게 생각난다. 면장네서 샘 파주고 받은 돈이라는데 왜 가지마오의 돈 표시가 돼 있냐고 아빠한테 물었었다.

여기 프랑크가 묻혀 있다는 걸 처음 알았던 날, 가지마오도 이곳에 와서 "아까운 내 송아지"라고 소리쳤었다.

그럼 우리 아빠한테 프랑크를 산 사람은 샘 아저씨가 아니고 가지마오? 왜? 가지마오는 프랑크를 좋아하지도 않는데.

7

감
옥

춘입은 도시에 있는 구치소에 있다고 했다. 나는 춘입을 만나 묻고 싶은 게 많았다. 그래서 찬장 속 엄마의 단지에서 또 돈을 꺼냈다. 이번이 벌써 세 번째였는데, 엄마는 단지에 얼마를 넣어놨는지 기억하지 못해 돈을 꺼낼 때마다 고개를 갸웃했지만 날 의심하지는 못했다. 엄마가 기억력이 나빠서 좋은 점도 있다.

차비는 있지만 지난번 가출했을 때처럼 잘 찾아갈 자신은 없었다. 별을 단 장군은 청와대에 가서 물어보면 되고 청와대를 모르는 사람은 없을 것 같은데, 춘입이 있는 구치소는 그렇게 유명하진 않을 것이다. 그래서 생각해낸 방법이 법대생을 따라가는 것이다. 법대생이 춘입을 만나러 갈 때 몰래 따라가면 된다.

나는 매일매일 배밭 창고에 숨어 책을 읽으며 법대생이

밖으로 나오기를 기다렸다. 그리고 3일 만에, 밖으로 나와 대문을 잠그는 법대생을 발견했다. 늘 열어놓았던 대문까지 잠그는 걸 보면 어디 멀리 가는 게 틀림없었다. 법대생에게 들키지 않게 바짝 따라가지는 않고 한참 떨어져서 그의 뒤를 쫓았다.

법대생은 한 번도 뒤를 돌아보지 않고 신작로까지 걸어갔다. 거기서 버스를 기다릴 줄 알았는데 읍 쪽으로 다시 걸어갔다. 지난번 희숙이랑 향자랑 같이 왔던 지소도 지나 한참을 더 가 터미널에서 멈추었다. 그곳에는 신작로에서 타는 버스들이랑 다른 색깔의 버스들이 있었다. 버스 앞에 꽂아놓은 푯말의 글씨를 보고, 도시로 가는 버스들은 이곳에서 탄다는 걸 알았다.

법대생이 버스표를 사가지고 '청주'라는 글씨가 있는 버스에 탔다. 나도 법대생이 표를 샀던 곳으로 가서 돈을 내밀었다.

"청주 가는 버스요."

표를 파는 아줌마가 유리창 밖으로 고개를 숙이고 날 보았다.

"너 학교 다니니?"

"네?"

"학교 안 다니는 애들은 버스표 안 끊어도 돼."

학교에 안 다니지만 나는 희숙이나 향자보다 더 책도 많이 읽었고 글씨도 잘 쓴다. 그러니까 버스표를 사는 게 맞다고 생각했다.

"한 장 주세요."

버스표를 사고, 법대생에게 들키지 않으려고 나는 문 바로 옆에 있는 맨 앞자리에 앉았다. 살짝 고개를 돌려 살펴 보니 법대생은 중간쯤 되는 자리에 앉아 있었다. 사람들이 반도 안 찼는데 버스가 출발했다.

처음 타보는 버스는 신기했다. 샘 아저씨의 트럭보다 빠르고 바람도 적게 들어왔다. 그래선지 속이 울렁거렸다. 아침에 먹은 반찬들이 목구멍을 밀고 나오려고 해 입을 꾹 닫고 있었지만 더 이상 버틸 수가 없었다. 목구멍을 넘어온 것들이 자꾸 많아져 입이 터질 것 같았다. 그 순간 누군가 내 입에 비닐봉지를 대주었다. 정신없이 토하느라 그게 누 군지도 알지 못했는데, 다 토하고 보니 법대생이었다. 의수 를 낀 법대생은 내가 토한 봉지를 묶지 못해 몇 번이나 헛손 질을 했다. 하얗고 큰 의수가 내 눈앞에 있었지만, 더 무서 운 일을 겪어 별로 놀라지 않았다. 나는 잘 움직이지 못하는 법대생의 오른손을 대신해 봉지를 묶었다. 법대생은 그 봉지를 들고 자기 자리로 돌아갔다. 내 바로 앞에 있는 운전기사가 작은 거울로 그 모습을 흘끔 보고 내게 물었다.

"네 아빠니?"

여러 말 하기 피곤해 그냥 고개를 끄덕였다. 어른들만 아이들이 귀찮은 게 아니라 아이들도 때로는 어른들이 귀찮다.

차창 밖으로 엄청 많은 차들이 보이기 시작했다. 우리 동네에서는 볼 수 없는 아파트와 건물들도 보였다. 버스가 멈추자 법대생이 내렸다. 그래서 나도 따라 내리기는 했는데, 이제 어떻게 해야 할지 고민이 됐다. 이미 법대생에게 들켰는데 숨어서 따라가는 것도 이상한 것 같고. 그렇다고 같이 가자 하기도 그렇고.

그래서 쭈뼛거리고 있는데 법대생이 먼저 다가왔다.

"너 어디 가니?"

"춘입한테요."

"참 겁 없는 애네. 그래서 춘입이 널 좋아하나보다."

그 말을 들으니 기분이 좋았다. 이제 춘입은 내 친구도 아니지만.

"그럼 가."

"네?"

"춘입한테 가는 거라며."

"법대생은 춘입한테 안 가요?"

"응. 나는 변호사 만나러 가는 길이야."

뭐야. 씨, 그럼 진작 그렇다고 얘기를 해주지. 괜히 여기까지 따라왔잖아.

법대생이 입을 삐죽거리는 날 한참 동안 바라보더니 픽 웃었다.

"가자."

"네. 어디요?"

"춘입 보러."

"그러면 재밌어요?"

"응?"

"애들한테 그렇게 거짓말로 놀리면 재밌냐구요?"

"응."

우리 아빠라면 내가 언제 거짓말을 했냐고 오리발을 내밀 텐데 법대생은 달라서 좀 새로웠다. 버스에서 내린 지 얼마 되지도 않았는데 법대생은 또 차를 탔다. 이번에는 버스보다 작은 택시였다. 아까처럼 속이 울렁거리고 토할 것 같지는 않았다. 이미 다 토해서 더 이상 나올 것도 없지만.

"참, 그 이야기는 춘입한테 안 했으면 좋겠는데."

"무슨 이야기요?"

"프랑크 말이야. 춘입은 네가 거기에 프랑크가 묻혀 있다는 걸 영원히 모르기를 바랐거든."

그래서 나한테 더 이상 친구가 아니니 배밭에 오지 말라고 했던 거구나. 그런 줄도 모르고 춘입을 원망하다니.

보통 아이들이라면 그러면서 눈물 콧물을 쏟았겠지만 난 그렇게 순진하지 않았다. 이미 어른들이 얼마나 거짓말을 잘하고, 자기 편한 대로 기억을 가지고 노는지 너무 잘 알아 의심부터 들었다. 법대생은 다른 이유 때문에 내가 춘입에게 그 이야기를 하지 못하게 하는 걸 수도 있다. 프랑크를 죽인 사람은 샘 아저씨가 아니고 법대생이라고 춘입이 말할 수도 있으니까.

하지만 나는 법대생에게 그 이야기를 하지 않겠다고 거짓말을 했다. 거짓말을 하는 어른들은 거짓말로 상대하는 게 공평하니까.

닭장 같은 감옥에 갇혀 있으면 닭똥 냄새가 날 거라고 생각했는데 춘입한테서는 아무 냄새도 나지 않았다. 전과 별로 달라 보이지도 않았다. 구멍이 난 유리문 사이로 날 보고 화들짝 놀랐다.

"빼그녕 네가 어떻게……"

나보다 법대생이 먼저 대답했다.

"숨어서 몰래몰래 따라오더라고. 내가 모르는 줄 알고."

엉큼하긴. 다 알고 있으면서도 모른 척했군.

나는 법대생이 얄미운데, 춘입은 활짝 웃었다.

"정말 감동이네. 이 멀리까지 날 보러 와주고. 그동안 잘 있었어?"

그 말투가 하도 다정해서 하마터면 나는 우리가 아직 친구 사이라고 착각할 뻔했다. 그래서 나는 더 쌀쌀맞게 대답했다.

"춘입이 보고 싶어서 온 건 아니야. 춘입이 아닌 것도 알고."

춘입의 얼굴이 굳었다.

"정말로 샘 아저씨가 프랑크를 죽였어?"

법대생이 배신당했다는 표정으로 나를 쏘아보았다.

춘입의 눈이 슬퍼졌다.

"네가 모르길 바랐는데……"

"대답해. 정말이냐고?"

"응."

"왜?"

"응?"

"왜 샘 아저씨가 프랑크를 죽였냐고? 춘입은 알잖아. 아저씨가 왜 그랬는지 알잖아!"

"미안해."

춘입이 고개를 푹 숙였다. 법대생이 그런 춘입을 보다 더 바짝 춘입에게 다가섰다.

"난 괜찮아. 그러니까 네가 하지도 않은 일을 했다고 할 거 없어."

"오빠."

"괜히 죄책감으로 우리 부모를 죽였다고 거짓말하지 말란 말이야!"

법대생의 눈에서 눈물이 그렁거렸다. 프랑크의 눈처럼 크고 예쁜 눈이었다. 춘입은 아무 말 안 하고 고개를 저었다.

"그런 거 아니야."

"그럼? 그럼 뭔데?"

"나 때문에 두 분이 돌아가신 건 맞으니까…… 내가 그곳에 가지 않았으면 그렇게 돌아가시지 않으셨을 테니까."

"그건 네 잘못이 아니야. 널 데리고 그곳에 가기로 선택한 건 나였어."

"그래서 늘 고맙게 생각해. 그곳은 내가 처음 살아본 천국이었어."

"춘입. 포기하지 마. 절대 포기하면 안 돼!"

춘입은 법대생의 눈을 피해 나를 바라봤다.

"얼굴 보여줘서 정말 고마워. 빼그녕 안녕."

그 말을 하는 춘입의 눈에 눈물이 고여들어 괜히 나까
지 기분이 이상해졌다.

"그리고 지금처럼 잘 커야 돼. 넌 내 친구니까. 특별한
내 친구 빼그녕."

춘입이 그렇게 말하니까 다시는 보지 못할 것 같다는
생각이 들면서 가슴이 뻐근했다. 가슴속 검은 풍선에 눈물
이 고인 것 같았다.

"프랑크를 안 죽였으니까 춘입도 내 친구야."

"정말?"

"응. 춘입이 빨갱이라도 상관없어."

춘입이 놀란 눈으로 날 바라보다 배꽃처럼 하얀 미소를
지었다. 그 하얀 꽃 위로 비가 내리듯 눈물 한 방울이 툭 떨
어졌다.

"고마워. 빼그녕."

아까 버스에서 목구멍을 밀고 쏟아지던 아침밥처럼, 내
풍선 속 눈물이 눈꺼풀을 제치고 흘러나오려고 해 나는 눈

을 감았다. 춘입이 이별을 멋지게 잘하는 사람이 진짜 훌륭한 사람이라고 그랬다. 나는 특별한 아이니까 이별도 잘할 거라고. 나는 춘입을 실망시키지 않으려고 끝까지 눈물을 참고 그 방을 먼저 나왔다. 프랑크와 이별 연습을 하다 눈물이 날 땐 샘 아저씨의 텐트에서 울 수 있었는데, 여기는 그런 곳이 없어 그저 주먹으로 닦아낼 수밖에 없었다.

"너 송백 꼬마 아냐? 네가 왜 여기 와 있니?"

누가 다가와 바라보니, 배밭에 샘 아저씨가 묻혀 있다는 말에 포클레인을 불러왔던 나이 든 형사였다. 난 반가워 더 빨리 눈물을 닦아내고 소리쳤다.

"우리 프랑크를 죽인 사람이 누군지 알아냈어요! 샘 아저씨예요."

형사는 별 관심을 보이지 않았다.

"그럼 그 송아지 주인한테 신고하라고 해."

"그 주인도 샘 아저씨인데요."

"뭐? 그럼 뭐 자기 송아지 자기가 죽인 거니까 아무 문제 없네."

그게 왜 아무 문제가 아니라는 건지 이해할 수가 없었다. 우리 프랑크를 샘 아저씨에게 팔았지만 프랑크를 지금까지 키우고 사랑한 사람은 난데, 프랑크를 죽여 내 마음을 아프게 했는데 왜 샘 아저씨한테 죄가 없냐고!

"참, 그 노부부를 독살한 여자가 여기 구치소에 있지. 이름이 뭐더라. 그래 이정혜. 내가 그 여자한테 자백을 받아냈지. 아무리 지독한 빨갱이들도 나한테는 어림없다니까."

나에게 상처를 주고 으스대는 형사가 고약해 나는 나만 알고 있던 그 이야기를 쏟아냈다.

"춘입이 그런 거 아니에요. 배밭 창고에 있는 농약병을 가지고 간 사람은 면장 할아버지예요."

"뭐?"

잠시 후에 법대생도 면회실에서 나와 나처럼 주먹으로 눈물을 닦았다. 법대생은 주먹이 하나밖에 없어 눈물을 닦아내는 데도 한참 걸렸다.

경찰은 그런 법대생을 쓱 보더니 나를 한쪽으로 데리고 갔다. 눈물을 다 닦아낸 법대생이 돌아보자 손을 들어 아는 척하고 잠깐 애랑 얘기 좀 하겠다고 말했다. 법대생이 고개를 끄덕였다.

"저 남자가 너한테 그러라고 시켰니?"

"뭘요?"

"조금 전에 나한테 한 말 말이야. 그 집 할아버지가 배밭 창고에서 농약을 가지고 가는 걸 봤다고 했잖아. 저 남자가 시킨 거지?"

"아니에요. 난 어른들이 시킨다고 거짓말하지 않아요."

"그래? 근데 그럼 지난번엔 왜 그랬어? 너 거기 배밭에 사람이 묻혀 있다고 나한테 그랬었잖아."

"그땐 정말로 그런 줄 알았어요."

"그러니까. 이번에도 네가 잘못 알거나 잘못 본 걸 수도 있잖아."

"아니에요. 그날 배밭에서는 어두워서, 밤이라서 잘 안 보였지만 창고에서는 아침이라 환했어요. 창고에 들어갈 때 구석에 농약병이 아홉 개 있는 것도 봤구요. 그런데 이번에 가보니까 여덟 개밖에 없었어요. 하나는 비어서 면장네 변소에 있었구요."

형사는 푸하하 웃음을 터뜨렸다.

"아홉 개가 있었는데 여덟 개만 있다고? 너 숫자나 셀 수 있니?"

이렇게 너무 기가 찬 질문을 받으면 말문이 막혀 정말 말을 할 수가 없다. 그런데 그러고 있으면 어른들은 자기가 또 옳다고 잘못 생각하니 가만 있으면 안 된다.

"일이삼사오육칠팔구십 십일 십이⋯⋯"

난 손가락을 접으며 천까지라도 만까지라도 세려 했지만 형사가 두 손을 흔들었다.

"그래, 알았다 알았어. 네가 숫자를 셀 수 있다는 건 인정. 그치만 이상하잖아. 꼭두새벽부터 왜 네가 남의 집 창고에서 농약병을 세고 있어?"

"일부러 센 게 아니고 그냥 안으로 들어가면서 보기만 했는데 아는 거예요."

경찰은 날 빤히 바라보다가 내 머리에 알밤을 한 대 놓았다.

"아주 천재 나셨네. 산골 오지 송백리에서 이렇게 똑똑한 천재가 났는데 왜 여태 내가 몰랐을까?"

"가정환경을 생각해 내 천재성을 드러내지 않고 그냥 평범하게 살기로 했으니까요."

"뭐?"

"내가 천재라는 걸 세상에 알리면 테레비에도 나가고 외국에도 가야 하는데, 그럼 돈도 많이 들고 옷도 사 입어야 하고, 나 때문에 동생들이 쫄쫄 굶으면 아빠는 또 가지마오한테 돈을 빌리러 가야 되고, 보나 마나 가지마오는 돈이 없다고 안 빌려줄 거예요. 샘 아저씨한테는 우리 프랑크 값을 줬으면서."

형사가 멍하니 날 바라보았다.

"진짜 이상한 애네."

내 앞에 쭈그리고 앉아 내 눈과 눈을 맞추고 낮게 말했다.

"너도 똥물 먹었니?"

"네?"

"그래서 이정혜처럼 정신이 이상해진 거 아니냐고?"

"그게 무슨 말이에요?"

"그 여자 남편이 찾아와서 그러더라. 그 여자가 공장에서 노조를 만든다고 설쳐서, 다른 남자들이랑 똥물을 퍼다가 여자들한테 쏟아부었다고. 그 후로 마누라가 이상해졌대. 사장한테도 덤비고 경찰서에 끌려가고 집에도 안 들어오고. 그러니까 너도 조심해. 자꾸 이상한 얘기 하면 아저씨가 똥물 먹인다."

내 엉덩이를 팡팡 두들기고 형사가 일어났다. 지나가다 똥을 밟았을 때보다 더 불쾌했다. 이 경찰도 송가인가? 쳇, 우리나라 경찰은 다 송가만 뽑나보다.

"그만 가봐."

왜 자기와의 약속을 지키지 않고 프랑크 얘기를 했냐고 법대생이 화를 낼 줄 알았는데, 법대생은 내 예상과 다른 말을 했다.

"배고프지? 가자. 춘입이 너 맛있는 거 사주랬어."

우린 다시 택시를 타고 중국집에 갔다. 면장네 집보다 훨씬 큰 식당에 우리 동네 사람들보다 더 많은 사람들이 있었다.

법대생은 나에게 자장면을 시켜주고 자기는 볶음밥을 시켰다. 우리 엄마한테 밥 한번 얻어먹으려면 몇 번이나 부엌에 들락날락거리면서 상 차려라, 수저 놔라, 잔소리를 듣고 심부름을 해야 하는데, 여기는 그냥 가만히 앉아 있기만 해도 맛있는 걸 갖다주고 친절하게 말해 좋았다. 작년에 읍에서도 자장면을 먹었었는데, 엄마가 말도 없이 내 자장면을 가위로 다 잘라줘 짜증 났었다. 법대생은 그러지 않았다. 포크를 달라고도 하지 않았다. 내가 젓가락질을 얼마나 잘하는지 이미 알고 있다는 듯이.

"아저씨는 자장면 안 좋아해요?"

"아니. 좋아하는데 젓가락질을 못해서."

법대생은 왼손으로 숟가락을 집어 들었다. 일곱 살인 나보다도 더 느리게 밥을 먹었다. 숟가락질도 저렇게 힘든데 글씨는 어떻게 써서 시험을 보나? 그러니 계속 고시에 떨어질 수밖에 없지.

"사람한테 왜 똥물을 먹여요?"

"응?"

"아까 경찰 아저씨가 그랬어요. 지난번에 우리 동네에
왔던 그 남자가 춘입한테 똥물을 먹였다고. 그래서 춘입이
이상해져서 집에 안 돌아간 거라고. 아저씨도 알고 있었어
요?"

법대생은 대답하지 않고 숟가락으로 볶음밥만 파냈다.
희숙이와 내가 흙더미 위에 나무를 꽂고 누가 더 흙을 많이
가지고 가나 하는 놀이를 할 때처럼 조심스럽게 볶음밥을
숟가락에 담았다. 그래도 놀라지 않는 걸 보니 이미 알고 있
는 것 같았다.

"왜 춘입이랑 우리 동네에 왔어요? 다른 데로 멀리 도
망갔으면 아무도 몰랐을 텐데."

"춘입이랑 배농사 지으며 살고 싶었어. 춘입이 배꽃을
좋아했거든."

피, 배밭에는 한 번도 안 나왔으면서. 그동안 농사일은
춘입이 혼자 다 했었다. 그런데 왜 춘입은 천국이라고 그랬
을까? 만날 면장네한테 혼나고 일만 했는데.

"그렇게 살 수 있을 줄 알았는데……"

법대생이 의수를 낀 오른손을 쓸쓸하게 바라보았다.

"아까 그 형사랑 무슨 얘기 했니?"

"농약병이요."

"응?"

"배밭 창고에 농약병이 아홉 개 있었는데 면장 할아버지가 하나를 가지고 갔다고 했어요."

법대생이 조심스럽게 파내고 있던 볶음밥 산이 무너졌다. 법대생이 들고 있던 숟가락이 그 위로 떨어졌기 때문이다. 숟가락에 담겨 있던 노란 볶음밥이 탁자 위로 알알이 떨어졌다. 우리 엄마가 옆에 있었으면 법대생의 등짝을 한 대 때리고 탁자 위에 떨어진 밥을 다시 숟가락에 담아 아빠에게 먹였을 것이다.

중국집에서 나와 나는 법대생과 함께 변호사를 만났다. 경찰과 법대생에게 했던 이야기를 또 반복하며 책상 위에 있는 변호사의 이름을 확인했다. 다행히 송가가 아니었다.

"그 얘기를 왜 지금 하니? 진작 말해줬으면 좋았을걸."

변호사는 송가도 아니고, 춘입의 편이라고 해서 칭찬을 받을 줄 알았는데 아니었다.

"수사 단계에서 그런 사실이 밝혀졌으면 검찰까지 안 넘어가고 끝날 수도 있었는데."

변호사는 법대생을 보고 징징거렸다.

"그래도 이 아이의 말이 재판에 도움이 되지 않을까?"

"글쎄. 너무 어린 아이라 얼마나 신빙성이 있다고 판단해줄지…… 너 몇 살이니?"

"여덟 살에 가까운 일곱 살이요."

"뭐?"

"태어난 지 오늘로 2801일째예요."

변호사와 법대생이 눈을 휘둥그레 뜨고 서로를 마주 보았다. 내가 유명한 작가들의 이름을 말하거나 영어를 말할 때 우리 엄마 아빠가 그랬던 것처럼.

나는 내가 태어났던 첫날부터 지금까지 있었던 일을 다 얘기해주고 싶었지만 내 말이 열흘도 넘기 전에 변호사는 '스톱'을 외쳤다.

"그걸 다 들을 시간이 없으니까 우리 중요한 부분만 얘기하자. 그러니까 그날 네가 창고에서 그 농약병을 봤던 날, 그날 있었던 일을 자세히 말해봐."

나는 눈을 감고 그날의 새벽을 떠올렸다. 가출을 하려고 아직 어둠이 가시기 전에 책가방을 메고 신작로로 갔다. 그러다 차비가 없다는 걸 알고 춘입한테 빌리기로 했다. 그 땐 학교에 안 다니는 애들은 차비를 안 내도 된다는 걸 몰랐기 때문이다. 닭들이 시끄럽게 울어대 사람들이 깨기 전에 빨리 가야겠다 싶어 면장네로 뛰어갔는데, 대문까지 큰 소리가 들렸다. 초록색 철대문은 반만 닫혀 있어 부엌 앞에 서 있는 면장네 할머니가 보였다. 늘 비녀를 꽂고 있었는데 그날은 머리를 길게 풀어 헤치고 얇은 적삼만 입고 있어 귀신처럼 보였다.

"음흉하고 드러운 것. 나가 이년아. 얼마나 더 우리 집 망신을 시키려고 이러는 거야? 얼른 나가라는데 뭐 해!"

방에 있던 면장 할아버지가 마루로 나왔다.

"그만둬. 경철이가 말해도 벽창호처럼 안 듣고 엉뚱한 일 벌인 건 당신이여!"

면장 할머니가 고개를 돌려 할아버지를 보고 소리쳤다.

"그러는 당신은요? 누구 때문에 이런 일이 벌어졌는데요!"

면장 할아버지가 길게 한숨을 쉬다가 마루와 부엌 사이에 있는 쪽문을 향해 말했다.

"아침밥은 안 먹으니 차리지 마라."

면장네 할아버지가 방으로 들어가자 면장네 할머니가 마루에 주저앉아 마루를 주먹으로 치며 울기 시작했다.

"아이고, 불쌍한 우리 아들…… 아이고, 우리 경철이

불쌍해서 어떡혀……"

늙은 닭보다도 더 힘없는 울음소리였다. 끊어질 듯 끊
어질 듯하면서도 계속 이어져 기다리고 있는 나는 지루해
담장 옆에 있는 강아지풀을 가지고 놀았다. 초록색 붓 같은
그걸 뜯어서 내 팔을 살살 간질거리니 졸음이 왔다.

버스를 타고 돌아오는 길에는 법대생이 내 옆에 앉았
다. 변호사를 만나고 나서 법대생은 부쩍 기분이 좋아졌다.
목소리도 밝아졌다. 내가 평범한 아이가 아니란 걸 알아서
그런 건지, 변호사가 재판 때 날 증인으로 세우면 효과가 있
겠다고 말을 해서 그런 건지는 모르겠다.

"춘입은 언제부터 알고 지냈니?"

"법대생이 춘입이랑 우리 동네에 왔던 날부터요. 그날
은 내가 태어난 지 1155일째 되는 날이었어요."

배밭에 배꽃이 막 피기 시작하는 봄날이었고, 그날은
유난히 따뜻해 마당에서 아지랑이가 피어올랐다. 나는 아빠
에게 리어카를 태워달라고 졸랐다. 준수가 떨어지지 못하게
아빠는 준수를 큰 고무통에 담아 리어카에 싣고 나도 그 옆
에 내려놓았다. 나는 세 살이 넘었는데 준수와 똑같은 아기
취급받는 게 싫어 통 밖으로 나가겠다고 고집을 피웠다. 아

빠가 우리를 태우고 신작로 쪽으로 달렸다. 신작로에서 버스가 멈추고 춘입과 법대생이 내렸다. 법대생은 양복을 입고 있고 춘입은 하얀 원피스를 입고 있었다. 춘입은 양손에다 가방을 들고 있는데 법대생은 한 손에만 상자를 들고 있었다. 아빠가 법대생을 보고 반가워하며 더 빨리 달렸다.

"어이, 법대생. 오랜만에 오네."

아빠가 악수를 하려고 손을 내밀다 멈칫했다. 양복 밖으로 나와 있어야 할 법대생의 오른손이 보이지 않아서였다. 당황해 입을 쩍 벌린 아빠의 턱으로 침이 흘렀다.

법대생이 머쓱한 표정으로 고개를 숙여 인사를 했다. 옆에 있는 춘입도 똑같이 인사를 했다. 아빠는 고개를 숙이지도 않고, 인사를 받지도 않고, 침 닦을 생각도 못한 채 법대생의 썰렁한 오른팔만 바라보았다. 법대생과 춘입이 아빠를 지나 리어카 옆으로 다가왔다. 춘입이 배꽃 같은 미소를 지으며 인사를 했다.

"안녕."

그때부터 나는 춘입을 배꽃 아줌마라 불렀다. 우리가 친구가 돼 춘입이라 부르기 전까지.

아까처럼 또 멀미가 났다. 맛있는 자장면을 토하는 게

아까워 나는 입을 꼭 다물었는데 법대생이 남의 속도 모르고 자꾸 말을 시켰다.

"올봄부터 둘이 친구가 됐다고?"

나는 입을 열지 않으려고 고개만 끄덕였다.

"그럼 그날 아침 왜 우리 어머니가 춘입한테 그런 얘기를 했는지도 아니?"

이런 질문에는 입을 안 열고 대답할 수 없어 난감했다.

빨강, 파랑, 노랑 글씨들이 화려했던 잡지책에서 보았던 빨간 글자, 그날 춘입의 웃음소리를 들으며 그 단어가 떠올랐다. 춘입은 색시처럼 웃고, 하얀 배꽃도 그날은 야시시하게 흩날렸다. 샘 아저씨가 춘입을 안고 나무에서 떨어졌을 때, 두 사람을 가린 꽃가지도 엄마가 아끼는 노방 깨끼저고리처럼 속이 아슬아슬하게 비쳤다. 그래서 보였다. 춘입의 하얀 가슴이.

그래서 면장네가 춘입에게 화를 낸 게 아닐까. 그날 밤 배밭에 있었던 사람은 나와 법대생뿐이지만 할마는 꼭 사람만 보는 것은 아니라고 했다. 새와 쥐가 그걸 보고서 하늘에 있는 칠성님한테 일러바친 걸 칠성님이 면장네 할머니한테 또 입 싸게 옮겼는지도 모른다.

하지만 나는 법대생에게 그 말을 하지 않고 그냥 고개

를 저었다. 그런데도 또 멀미가 났다. 한여름 장대비처럼 입에서 자장면이 쫙쫙 쏟아졌다. 법대생이 운전사한테 비닐봉지를 받으러 갈 틈도 없었다. 법대생은 놀라 자신의 손으로 내가 토한 것을 받아냈다. 미안하고 민망해 그만 토했으면 싶은데, 남은 자장면이 계속 나왔다. 먹을 땐 얼마 안 되는 것 같았는데 토하고 보니 양이 꽤 많았다. 냄새도 먹을 때랑 너무 달랐다. 배밭 창고에서 토했던 춘입에게서 났던 냄새보다 더 지독했다. 하지만 법대생은 그때의 나처럼 얼굴을 찌푸리거나 내게서 멀리 떨어지지 않았다.

그런데 춘입은 차도 안 탔는데 그날 왜 멀미를 했을까.

8

똘
배

법대생이 버스를 세우고 우린 버스에서 내렸다. 개울에서 손을 씻고 온 법대생이 좀 걸어가자고 했다. 아직 우리 동네까지는 한참 가야 하지만 내가 멀미 때문에 힘들어하니까 그게 낫겠다고.

냄새 나는 버스에 있는 것보다 신선한 바람을 맞으며 걷는 게 나도 좋았다. 속이 울렁거리지도 않고 머리가 아프지도 않았다. 그런데 다리가 아팠다. 계속 걸어가도 걸어가도 우리 동네는 보이지 않고 배도 고팠다.

법대생이 내 앞에 쭈그리고 앉았다.

"내 등에 업혀."

"싫어요."

"그래? 그럼 나 혼자 먼저 간다."

"그러든가요."

그냥 하는 말인 줄 알았는데 법대생은 날 뒤에 남겨두고 성큼성큼 걸어갔다. 법대생을 따라가려면 나는 뛰어야 했다. 날도 더워 조금만 뛰어도 땀이 나고 숨이 막혔다. 법대생이 다시 돌아와 쭈그려 앉았다.

"이번이 마지막 기회야."

갈등이 됐다. 어른한테 업히는 건 애들이나 하는 건데. 보통 애도 아니고 나처럼 특별한 사람이 그럴 수가 있나.

"예부터 공주님들은 걸어 다니지 않았다."

"네?"

"가마를 타거나 가마가 없으면 업혀 다녔지."

그 말에 혹해서 업혔는데, 업히고 보니까 법대생이 날 너무 잘 알고 그런 말을 한 것 같아 좀 자존심이 상했다. 나는 법대생을 모르는데 법대생은 날 너무 잘 알고 있는 것 같았다. 춘입이 얘기했나? 그렇게 친하지도 않은 것 같은데.

"대신 신작로까지만이에요. 그 앞에서는 걸어갈 거예요."

"난 조금만 업어주려고 했는데 거기까지 가자고?"

"그, 그럼 조금만 조금만 업어줘도 돼요."

법대생이 또 픽 웃는 게 뒤에서도 보였다. 날 또 놀렸구나. 업었다 놀렸다 날 가지고 노는 법대생이 마음에 안 들지만 그래도 법대생의 등은 편했다. 처음 업혀보는 사람인데, 왠지 낯설지 않고 냄새도 익숙했다. 법대생은 한 손으로만 내 엉덩이를 받친 채 잘 걸었다.

"근데요. 샘 아저씨가 프랑크를 죽였는데 왜 춘입이 나한테 미안하다고 했을까요?"

"글쎄."

"춘입이 샘 아저씨를 화나게 한 거예요. 가지마오랑 우리 동네 사람들도 그렇고."

"그게 무슨 소리야?"

나는 법대생에게 프랑크가 그날 밤 배밭에 나타났던 사건을 이야기했다. 가지마오가 우리 집 외양간에서 프랑크를 풀어주고, 도망간 프랑크를 동네 사람들이 상엿집에 숨겨놓았었다고. 샘 아저씨는 그런 줄도 모르고 매일매일 산으로 프랑크를 찾아다녔다고.

"내가 할마랑 기도하러 산에 갔던 그날 밤 상엿집에서 났던 소리가 프랑크의 소리였어요. 내가 온 줄 알고 프랑크가 문을 열어달라고 했던 건데 난 귀신인 줄 알고 귀를 막았어요. 그래서 프랑크가 혼자 탈출해 동네로 간 거예요."

"근데 그 샘 기술자는 그런 걸 모르고 있었잖아."

"알고 있었는지도 몰라요. 그래서 나한테 그런 말을 한 거예요. 어른이나 애새끼나 아주 못돼처먹었다고. 아주 드러운 동네라고."

그 말을 듣고 받았던 충격이 다시 살아났다. 춘입이 그때 날 꼭 안아주며 말했었다. 괜찮다고. 너 때문이 아니라 나 때문에 샘 아저씨가 화가 나 그런 말을 한 거라고.

"그런데 춘입한테는 왜 화가 난 건지 모르겠어요. 샘 아저씨의 텐트를 망가뜨린 사람은 춘입이 아니라 법대생인데."

"난 그런 적 없는데."

우리 아빠랑은 다른 줄 알았는데 법대생도 오리발을 내밀었다. 어른들이란.

"그리고 난 법대생이 아닌데 왜 자꾸 법대생이라고 하니?"

"그럼 뭐라고 불러요?"

"춘입처럼 그냥 이름으로."

"춘입도 진짜 이름이 아니잖아요."

"그 이름은 내가 지어준 이름이야. 춘입은 원래 이름보다 그 이름을 더 좋아했어."

"나도 춘입이 좋아요. 이정혜보다 훨씬 독특하고 느낌 있고."

"똘배 어때? 빼그녕만큼 괜찮지 않니?"

"뭐. 그럭저럭."

그때부터 나는 법대생을 똘배라고 불렀다. 친구가 될 건 아니라서 춘입에게 했던 것처럼 반말을 하지는 않았다.

해가 기울고 점점 어두워졌다. 밭에 갔던 농부들이 집으로 돌아가는 시간이었다. 그럼 우리 엄마 아빠도 내가 집에 없는 줄 알고 혼을 낼 텐데. 어쩌면 샘 아저씨가 날 납치했다고 또 온 동네를 뒤집어놓고 있을지도 모른다. 마음이 무거웠다. 그 때문에 내 몸무게도 더 무거워졌는지, 법대생의 발걸음도 느려졌다.

"저기 우리 동네 보인다. 집에 같이 가줄까?"

"왜요?"

"너 혼자 가면 혼날 수도 있잖아."

"그런 거 하나도 안 무서워요."

나는 똘배한테 허세를 부렸지만 내 마음속엔 먹구름이 가득했다.

"이제 배밭은 어떡할 거예요? 춘입이 있었으면 진작 봉지를 씌웠을 텐데."

"내가 해야지."

아까 내가 토한 비닐봉지를 묶지 못해 몇 번씩이나 실패하던 손가락이 떠올라 그 손으로 어떻게 더 작은 배봉지를 씌우고 묶어줄지 걱정스러웠다.

"할 수 있어요?"

"빼그녕 네가 도와주면!"

내가 토한 걸 맨손으로 받아주고, 업어주기까지 했는데 냉정하게 거절할 수가 없었다.

"그럼 나도 널 도와줄게."

"뭘요?"

"프랑크의 복수!"

똘배한테 그런 말을 하지도 않았는데 어떻게 알았는지 신기했다.

"그래서 아무도 없을 때 우리 집에 들어와 여기저기 뒤지고 다닌 거잖아."

"그걸 어떻게 알았어요?"

"마루에 찍힌 네 발자국 보고."

똘배의 친구라는 변호사는 똘배가 자기보다 공부도 더 잘했고 똑똑한 사람이라 그랬는데 거짓말은 아닌 것 같다.

"뭘 찾고 있었니?"

"우리 프랑크를 죽인 도끼요. 그게 중요한 증거니까."

"그 도끼는 엿장수가 가져가버렸어."

"예? 왜요?"

"그날 보니까 도낏자루가 부러져 나중에 손보려고 창고 앞에 나뒀었는데 엿장수가 지나가고 보니까 없더라고. 쇠 무게가 많이 나가니까 가져갔겠지."

아, 그래서 기분 좋아 나한테 공짜로 책을 주고 간 건가?

약속대로 동네 앞에서 똘배가 내려주었다. 나는 똘배의 오른쪽에서 걷다가 의수가 신경 쓰여 왼쪽으로 옮겼다. 그런데 왠지 잘못한 것 같아 다시 오른쪽으로 갔다. 똘배가 말없이 날 물끄러미 바라보았다. 똘배의 걸음걸이는 커서 나는 두 걸음씩 걸어야 따라갈 수 있었는데 똘배가 내 발에 맞춰 느리게 걸었다. 어스름해진 마을 곳곳에 불이 켜지고 굴뚝에서는 연기가 피어올랐다.

"서울에서 고향을 생각할 때마다 지금 이 풍경이 생각나곤 했어. 읍에 있는 학교에 다닐 때, 늘 이 시간에 집에 와서 그랬나……"

"서울이 여기보다 더 멋지지 않아요? 특별시잖아요."

"나한텐 이곳이 더 특별한데. 춘입도 그렇다고 했고."

"왜요? 여긴 특별한 거 하나도 없는데."

"너 있잖아. 빼그녕 너."

샘 아저씨가 날 번쩍 안아주었을 때처럼 빨간 풍선이

막 부풀어오르지는 않았지만, 그래도 기분이 괜찮았다. 나는 크고 하얀 그 손을 잡았다. 똘배가 눈을 동그랗게 뜨고 날 바라보았다. 나는 그 손에 코를 갖다 대고 냄새를 맡았다.

"아직도 자장면 냄새가 나나 싶어서요."

똘배가 미소를 지었다. 늘 인상을 쓰고 있는 똘배도 웃을 줄 아는구나. 웃으니까 쪼금 더 호감형이었다.

내 걱정과 달리 집에는 아무도 없었다. 엄마 아빠는 마늘을 캔다고 아직 집에 오지 않아 내가 없어진지도 모르고, 준수와 혜영이는 가지마오네 집에서 놀고 있었다. 내 인생 처음으로 바쁜 농사꾼의 자식으로 태어난 걸 감사했다.

다음 날, 아침을 먹자마자 나는 똘배한테 갔다. 똘배는 마당에 잔뜩 난 풀을 뽑고 있었다. 왼손으로 숟가락을 들고 볶음밥을 먹을 때처럼 왼손으로 쥐고 하는 호미질은 어설펐다. 춘입은 왼손으로 잡초를 잡고 오른손으로 호미의 날을 잡초 뿌리 가까이 야무지게 박아 넣는데, 법대생은 잡초랑 한참 떨어진 곳을 호미로 팠다.

나는 춘입이 했던 것을 그대로 해 보였다. 똘배가 입을 벌리고 감탄을 했다. 내가 파라는 곳에 똘배가 호미를 박고 파면 내가 두 손으로 잡초를 잡아당겼다. 그렇게 한나절 하니까 춘입이 있을 때처럼 마당이 깨끗해졌다. 우리는 풀 뽑기를 마치고 배밭으로 갔다.

춘입이 어떻게 배봉지를 씌우는지 나한테 보여준 적이 있어 나는 똘배에게 그대로 가르쳐주었다. 나만큼 천재적이지는 않지만 똘배도 제법 기억력이 좋아 한 번만 보여줘도 잘 따라 했다. 문제는 일을 하기엔 손가락이 너무 적다는 거. 그래서 할 수 없이 내가 똘배의 오른손 역할을 대신해주어야 했다.

처음엔 춘입이 쓰던 사다리를 타고 올라갔는데, 똘배가 차라리 자기 목마를 타는 게 어떻겠냐고 해서 그렇게 했다. 만화영화 속 로봇처럼 우리가 합체를 하면 세 개의 손은 척척 호흡을 맞췄다. 똘배의 왼손이 배봉지를 집어 들면 내 두 손이 배에 씌우고, 똘배의 왼손이 대주는 철사를 내 오른손이 비틀었다.

그걸 가지마오가 어떻게 본 모양이었다. 저녁에 배밭에서 내려와 샘에서 씻고 있는데, 가지마오가 담장 위로 날 노려보다가 아빠를 야단쳤다.

"그런 정신 나간 놈한테 애가 뭘 배우겠어? 왜 제 자식 하나 제대로 단속을 못해!"

아빠는 나한테 다시는 배밭에 가지 말라고 잔소리를 했

지만 엄마를 보면서는 다른 말을 했다.

"욕심쟁이 영감탱이. 법대생이 배밭을 안 판다고 하니께 괜히 심통을 부리는 겨."

"법대생은 또 그걸 왜 안 판댜? 배농사를 어떻게 짓는 지도 모르믄서?"

내가 춘입과 본격적으로 친해진 건 초봄부터라 가을 겨울에는 배밭에서 무슨 일을 해야 하는지 나도 잘 모른다. 그 얘기를 했을 때 똘배는 괜찮다고 했다. 그때까진 춘입이 올 거라고.

"춘입이 올 거니까. 그래서 기다리는 거야."

내가 끼어들자 아빠와 엄마가 동시에 성을 냈다.

"그런 여자를 뭐 하러 기다려?"

"두 사람이나 죽였는데 감옥에서 어떻게 나온다고. 또 오믄 우리 동네 사람들이 받아준댜?"

"그땐 다 여기 없을걸."

"그게 뭔 소리여?"

그때쯤이면 어른들은 다 감옥에 가 있을 거고, 우리 동네에는 어린애들과 할머니들만 남아 같이 멍석에 누워 별을 볼 거라는 말은 하지 않았다.

똘배와 나는 날마다 배밭에서 일을 하며 작전을 짰다.

"우리가 가장 먼저 할 일은 그 남자를 찾는 거겠지?"

"맞아요. 왜 우리 프랑크를 죽였는지 물어봐야 되니까."

"근데 어떻게 찾을까?"

"고향이 보은이라고 했어요. 거기에서 아버지가 소를 키우고 있다고."

"그래? 그래도 보은은 꽤 큰데…… 너 그 남자 이름 아니?"

"아뇨."

"이름도 모르고 어떻게 사람을 찾는다?"

"가지마오는 알 거예요."

"응?"

"처음에 샘 아저씨를 데려온 사람이 가지마오니까."

"그럼 그 아저씨한테 물어보면 되겠구나!"

"근데 안 가르쳐줄지도 몰라요."

"왜?"

"똘배가 배밭을 안 판다고 해서 심술이 잔뜩 났거든요."

"그래? 그럼 어쩌지?"

"내가 몰래 가지마오의 수첩을 뒤져볼게요. 전화번호를 적어놓는 수첩이 있거든요."

"그러다 들키면 혼나는 거 아냐?"

"그런 건 하나도 안 무서워요."

"와. 넌 정말…… 조그만 몸 어디서 그렇게 용기가 나는 거니?"

"밤에 상엿집까지 한 열 번만 갔다 오면 되는데."

"응?"

"그럼 용기가 생긴다구요. 나도 처음엔 겁이 많았는데 그렇게 하고 나니까 겁이 없어졌거든요."

"좋아. 그럼 나도 오늘 밤부터 그렇게 해봐야겠다."

"내가…… 같이 가줄까요? 나도 처음엔 할마랑 같이 갔는데."

"아냐. 괜찮아. 나 혼자 해야 더 빨리 용기가 생기지."

밤마다 똘배가 상엿집까지 갔다 왔는지는 모르겠다. 그래도 나는 자기 전에 북두칠성을 보며 똘배가 산에 가면 잘 지켜봐달라고 부탁했다.

똘배는 내 친구는 아니지만 내 친구인 춘입의 남편이니까. 아니 진짜 남편도 아니지만…… 춘입을 사랑하는…… 아니 그것도 아닌데. 춘입을 때렸던 나쁜 놈인데. 그래도 손이 하나밖에 없으니까 잘 봐주세요.

똘배랑 같이 씌운 배봉지가 한 줄 정도 됐을 때, 송가네 사람들이 우르르 배밭으로 몰려왔다.

"아니 상주가 장례를 준비해야지 매일 이러고 배밭에 있으면 어떡햐?"

똘배는 목마를 태우고 있는 날 배나무 가지에 내려주었다.

"장례는 사건이 다 정리되면 화장장으로 조용하게 할 생각이에요."

"아니 그게 뭔 소리여? 이미 다 춘입의 짓이라고 밝혀졌는데 뭘 정리혀? 그리고 화장장이라니. 명도 채우지 못하고 그렇게 돌아가신 것만도 가슴 아픈데 그런 분들을 어떻게 뜨거운 불길 속에 집어넣어? 어떻게 자식이 그럴 수가 있어!"

"그려. 대대로 우리 집안에 이런 일은 없었어. 자네보다 못 배운 우리도 인간의 도리는 아는데, 어째 배울 만큼 배운 사람이 그런 것도 몰러?"

고개를 푹 숙인 채 듣고만 있던 법대생이 그 말에 고개를 들었다.

"인간의 도리요?"

"그려. 부모님 살아서 효자 소리 못 들었으믄 돌아가셨을 때라도 잘혀야지! 이게 뭐여? 상놈 집안도 아니고, 어디서 화장장 같은 소리를 꺼내? 그런 여자 데려와 우리 집안 풍비박산 내고 망신시킨 걸로 모자라서 또 그런 소릴 하는 겨?"

"춘입은 아니에요."

"뭐가 아니여?"

"우리 집안을 풍비박산 내고 망신시킨 건 춘입이 아니라구요."

"그럼 누군가? 그럼 누구냐고!"

"저보다 잘 아시는 분들이 그걸 왜 저한테 묻습니까?"

"뭐여! 시방 그게 무슨 소리여?"

"송아지가 상엿집에 왜 숨어 있어야 했을까요? 왜 다들 아시면서 시치미를 뚝 떼고 계셨어요?"

"그게 무슨……"

향자네 아빠가 말을 하다 말고 내 눈치를 흘끔 봤다.

"아니 그거랑 여기 어르신들 돌아가신 거랑 뭔 상관이여!"

"상관이 있는지 없는지는 나중에 밝혀지겠죠."

똘배가 그렇게 말하고 다시 배봉지를 집어 들자 향자네 큰아버지가 그 봉지를 집어던지고 발로 밟았다.

"자네 똑바로 들어. 절대 화장장은 안 돼야. 봉분도 없는 묘는 우리 선산에 죽어도 못 쓰게 그리 알라고!"

그 길로 송가네 사람들은 아랫마을 가지마오네 집으로 몰려갔다. 나는 배나무에서 내려와 집으로 달려갔다. 가지마오네 집으로 가는 쪽문 안쪽에 서서 구경을 했다. 송가네 사람들은 가지마오가 샘 기술자를 데려오는 바람에 면장네가 죽고 이 사달이 난 거라고 비난했다. 가지마오는 면장네가 먼저 자기한테 부탁한 거라고 소리쳤다. 춘입을 쫓아내고 싶은데 법대생 때문에 그럴 수도 없으니 제 발로 나가게 사내놈을 붙여줬으면 한다고 해 자신이 샘 기술자를 데려온 거라고. 그놈을 이 동네에 붙어 있게 하려고 큰돈까지 썼는데 면장네한테 받지도 못해 정작 억울하고 가장 손해를 입은 사람은 자신이라고 가슴을 주먹으로 팡팡 쳤다.

"그놈이 아주 나쁜 놈이여. 돈만 받아처먹고 내 송아지까지 죽이고 날라버린 그놈이 사기꾼이라고!"

나는 배밭으로 올라갔지만 방금 들은 얘기를 차마 똘배에게 말할 수 없었다. 샘 아저씨가 가지마오한테 돈을 받고 그랬을 줄이야. 그것도 모르고 난 우리 프랑크와 더 같이 있고 싶다는 욕심에 양은솥에 올갱이를 담아 들고 면장네에 갔었다. 탱자나무 가시로 올갱이를 까면서 샘 아저씨가 시킨 대로 춘입과 면장 할머니에게 말했었다.

"샘 아저씨 배밭 일도 많이 해봤대요. 이제 할 일 없어서 시간도 많대요."

똘배는 내가 가만히 앉아 있으니 혼자 배봉지를 묶느라 낑낑거렸다. 한 손으로 철사를 묶을 수 없으니 입으로 철사를 물고 일을 했다. 나는 나무에 올라가 똘배의 입에 물린 철사를 뺐다.

"빼그녕 표정이 왜 그래?"

"다 나 때문이야. 다 나 때문이야!"

또 울음이 터지려고 하는데, 매미들이 나보다 먼저 울기 시작했다. 또 울면 매미 허물을 삶아 먹이겠다는 엄마의 말이 떠올라 입을 꾹 다물고 참았더니 딸꾹질이 났다.

"네 말대로 했더니 정말 효과가 있는 것 같아."

"뭐가(딸꾹)."

"상엿집 말이야. 거길 갔다 왔더니 정말 용기가 생겼나 봐."

똘배가 기특하다는 듯 자신의 몸을 내려다보았다. 의수를 빼 바닥에 던졌다.

"이제 이런 걸로 날 감추지 않겠어."

배밭에 떨어진 하얗고 큰 손을 보고 있자 처음 그것을

보았을 때가 떠올랐다. 그걸 밟고 놀라 도망치다가 길을 잃었었는데…… 그때처럼 다시 어지러워졌다. 그래서 떨어지는 날 법대생이 받아 안았다.

"빼그녕 왜 그래? 어디 아프니?"

"나는 몰랐어 (딸꾹). 가지마오한테 돈을 (딸꾹) 받아서 샘 아저씨가 나한테 (딸꾹) 잘해주고 라면도 끓여준 건지 몰랐어!"

밖으로 빠져나오지 못한 울음 때문에 내 가슴이 벌렁벌렁거리자 법대생이 날 꼭 안았다.

"참지 말고 울어. 괜찮아, 빼그녕."

"안 돼 (딸꾹). 그럼 매미 허물을 삶아 (딸꾹) 먹인다고 그랬어."

법대생이 고개를 저었다.

"그런 일 없게 내가 널 지켜줄게."

난 어른들의 말을 안 믿는다. 그런데 똘배의 말을 듣자마자 나는 울음을 터뜨리고 말았다. 앞으로 그 일을 생각할 때마다 매일 이렇게 울음이 터질 것 같아 괴로웠다. 나도 엄마 아빠처럼 기억력이 나빠 차라리 다 잊어버리면 얼마나 좋을까.

춘입이 책을 꺼내줄 때마다 보긴 했지만 법대생의 방에 들어와본 건 처음이다. 왠지 이 방에 있으니 똘배라는 이름 보다 법대생이란 말이 더 잘 어울리는 것 같은데 똘배는 원치 않았다. 배밭에서 날 데리고 이곳으로 온 후 똘배는 책상 서랍에서 노트를 꺼내 들었다. 나한테 말을 시키고 그걸 들으면서 노트에 무언가를 적었다. 숟가락질을 하는 것보다는 왼손으로 글씨 쓰는 건 덜 서툴렀다.

"잠깐 다시 앞으로 돌아가서, 그러니까 네가 샘 기술자를 처음 본 그날부터 시작하자."

나는 똘배가 원하는 날짜를 찾기 위해 잠깐 눈을 감고 내 머릿속을 뒤졌다. 앨범을 펼치는 것처럼 쉬운 일이었다. 그날은 프랑크가 깁스를 하기 전이었다. 그 전날, 가지마오 가 샘 기술자를 데리고 다니면서 수맥을 찾으라고 아빠에게 시켰고, 아빠는 점심때 샘 기술자를 우리 집에 데리고 왔다. 반찬도 없는데 말도 없이 사람을 데리고 오면 어떡하냐고 엄마가 아빠를 부엌으로 끌고 들어가 눈을 흘겼다. 아빠가 그럼 라면이라도 끓이라고 하니까 엄마가 라면이 밥보다 더 비싸다고 구시렁거렸다. 엄마가 어쩐 일로 국수도 안 넣고 라면을 끓여 상에 차렸다. 그런데 아빠랑 손님 거 딱 두 그릇밖에 없었다. 밥도 안 먹었는데 엄마가 우리는 먼저 먹었다고 거짓말을 했다. 내가 안 먹었다고 하려니까 엄마가 내 입을 손으로 막고 부엌으로 끌고 갔다. 부지깽이를 집어 들고 아빠랑 손님이 식사 마치고 나갈 때까지 꼼짝 말고 있으라고 협박했다. 혹시 아빠랑 손님이 라면을 남기지 않을까 해서 나는 마루 쪽을 흘끔거렸다. 아빠가 국물까지 들이켜고 그릇을 내려놓으며 잠은 어디서 자냐고 물으니까 남자가 배밭 창고에서 텐트를 치고 잔다고 했다.

"가지마오네 샘을 파는데 왜 배밭에서 잠을 자나 이상하다고 생각했어."

똘배는 고개를 끄덕거리며 진지하게 내 이야기를 들었다. 이렇게 오랫동안 내 이야기를 들어준 사람은 지금까지 아무도 없었다. 춘입도 내가 말하는 걸 좋아했지만 춘입은 바빠서 오래 들을 수가 없었다. 들을 때도 라디오를 켜놓은 것처럼 그냥 옆에서 내가 종알거리는 걸 흘려들었지 똘배처럼 집중해서 듣지 않았다.

"가지마오의 아들이 왔던 건 언제라고 그랬지?"

"배밭에서 경찰들이 포클레인으로 우리 프랑크를 팠던 날."

그 생각을 하자 아빠한테 질질 끌려가느라 화끈거렸던 엉덩이가 다시 쓰라린 거 같았다.

"그날 얘기를 좀 해줘."

장군의 차는 전에 봤던 자가용이 아니었다. 별을 달아서 그런지 훨씬 더 크고 좋은 새 차였다. 나는 그 차가 동네로 들어오던 때부터 나갈 때까지 있었던 일을 샅샅이 말했다. 똘배는 내가 할머니들의 멍석에서 그랬던 것처럼 내 이야기에 빠져들었다. 그러다 하나뿐인 주먹을 불끈 쥐기도 하고, 깊은 한숨을 내쉬기도 했다. 중요한 대목인 것 같다며 잠깐 이야기를 멈추게 하고 한참 동안 혼자 노트에 낙서를 하기도 했다.

"벌써 밤이네. 나머지는 내일 들어야겠다."

똘배가 궁금해하는 이야기를 다 들려주는 데 꼬박 이틀이 걸렸다. 똘배는 그것에 대한 보답이라며 선물을 공개했다.

"와, 라면이 한 박스나."

"네 거야."

"집에 가져가지 않고 여기서 먹으면 안 돼?"

"응?"

"집에 가져가면 엄마랑 아빠랑 동생들이 다 뺏어 먹으니까 여기 두고 똘배랑 같이 먹을래."

"그럼 내가 뺏어 먹는데 그건 괜찮아?"

"피, 그건 뺏어 먹는 게 아니라 내가 나눠주는 거지."

딸꾹질 때문에 얼결에 똘배에게 반말을 하다보니 좀 친해진 것 같다. 그렇다고 춘입처럼 똘배와 친구가 된 건 아니다. 나는 첫 라면을 개시했다. 샘 아저씨가 했던 것처럼 물을 끓이고 라면을 세 개나 뜯어 넣었다. 똘배는 샘 아저씨처럼 듬뿍듬뿍 집어 들고 먹지 못해 라면은 줄어들지 않았다. 나는 라면을 크게 한 젓가락 집어 들고 호호 불어 똘배에게 내밀었다. 똘배가 나를 보았다. 춘입이 내게 김에 싼 밥을 넣어줬을 때처럼 나는 똘배에게 말했다.

"아!"

똘배가 나처럼 입을 크게 '아' 벌리고 받아먹었다. 너무 뜨거운지 눈가가 붉어졌다.

저녁에 우리 동네로 자가용이 들어왔다. 가지마오의 장군 아들이 아니라 똘배의 변호사 친구가 타고 있었다. 사람들은 낯선 이를 궁금해했지만 나는 말해주지 않았다. 저녁을 먹고 나서 할마를 따라 마실 나가는 척하면서 슬쩍 똘배네 집으로 갔다.

똘배와 변호사는 마루에 앉아 술을 마시고 있었다. 내가 대문으로 들어가자 변호사가 벌떡 일어나 휘파람을 불었다.

"오호, 우리 천재 소녀!"

내 천재성을 드러내지 않고 살기로 이미 오래전에 결심했지만 누군가 날 알아주니 기분이 으쓱했다.

"이 아저씨가 너 먹으라고 케이크 사 왔다."

똘배가 분홍색 상자를 들어 보였다.

"케이크?"

난 한 번도 케이크를 실제로 본 적이 없었다. 책에서만 보던 케이크를 똘배가 상자에서 꺼내 상 위에 올렸다.

"내가 산 게 아니고 여기 이 아저씨가 사 오라고 닦달을 해서 시내까지 나가 사가지고 온 거야."

감동이었다. 날 위해 이렇게 멋진 케이크를 준비하다니.

"빼그녕, 이 아저씨 말은 믿지 마. 원래 거짓말쟁이니까."

"야. 너 뭐냐."

동그랗고 까만 케이크는 지금까지 내가 먹었던 그 어떤 음식과도 맛이 달랐다. 달고, 달고, 또 달아 목구멍으로 꿀꺽 삼키고 나니까 내 머리끝까지, 내 발끝까지 다 설탕이 된 것 같아 손가락을 빨아봤더니 정말 단맛이 났다. 아까 바닥에 흘린 걸 손으로 주워 먹어서 그런 것도 같다.

내가 케이크를 아껴 먹는 사이 똘배와 변호사는 술을 마시며 이야기를 했다. 귀를 쫑긋 기울이고 있어도 이해하기 힘든 말들이 많았다.

"공장에서 벌어지는 노조 탄압도 다 중앙정보부에서 개입을 하는 거란 말이 파다해. 그러니까 춘입이 블랙리스트에 오른 해고 노동자라는 것도 저쪽에서 다 알고 있을 거야."

"나도 그게 좀 불안해. 노조 하는 빨갱이들은 이렇게 사람까지 죽인다는 프레임으로 춘입을 이용하려고 하면······."

똘배의 이마에 주름이 깊게 파였다.

"술이 떨어졌네. 잠깐 기다려. 내가 가서 술 사가지고 올게."

똘배가 밖으로 나가자 변호사는 변소에 가서 오줌을 누고 왔다.

"블랙리스트가 뭐예요?"

"어?"

"아까 그랬잖아요. 춘입이 블랙리스트에 있다고. 춘입이 빨갱이라면서 왜 블랙이에요. 블랙은 영어로 검은색인데?"

변호사가 ㅎㅎㅎ ㅎㅎㅎ 웃었다.

"그러게 말이야. 빨갱이면 레드리스트에 올려야지 왜 블랙리스트에 올리냐, 그치? 이렇게 어린아이도 아는 걸 모르는 바보들이야 바보들!"

변호사는 신기한 듯 집 안 여기저기를 구경하더니 똘배

가 마루에 벗어놓은 의수를 들고 요리조리 살폈다.

"춘입이 정말로 똘배 손을 잡아먹었어요?"

"응? 그게 무슨 말이야?"

"춘입이 전에 그랬어요. 그래서 똘배가 손이 없는 거라고."

"음, 그거는…… 너 양팔 저울 아니?"

변호사가 자기 팔을 쫙 펼쳤다.

"이렇게 양쪽에 물건을 놓고 균형을 맞추는 건데, 똘배랑 춘입이랑은 이게 너무 기우는 거야. 그래서 똘배가 춘입이랑 맞추려고 손을 희생한 거지."

"어떻게요?"

"애들한테는 이런 얘기 안 하는데 너는 특별한 사람이니까 해줄게. 똘배가 학교를 그만두고 공장에 다녔었거든. 거기 프레스 기계라고 무서운 기계가 있는데 거기다 손을 쭉…… 그래서 손가락뼈들이 죄다 으스러진 거야. 지 말로는 일하다가 실수한 거라고 하지만 내가 보기엔…… 자기가 원하는 대로 살려면 그 방법밖에 없다고 생각했을 거야."

똘배가 들어오는 걸 보며 변호사가 손가락을 입에 갖다 댔다. 똘배는 사가지고 온 술을 변호사의 잔에 따라주었다.

"춘입한테 그 농약병 얘기 해줬어?"

"응. 근데 생각보다 반응이 영······ 이미 자포자기를 한 건지. 그래서 생각해봤는데 그 남자도 얘랑 같이 증인으로 세우면 어떨까?"

"샘 기술자?"

"응. 경찰들은 춘입이 그 남자와 도주 계획하에 그런 일을 벌인 거라고 결론 내렸으니까 그 남자를 세워서 그게 아니라는 걸 보여주는 거지. 그러려면 최대한 빨리 그 남자를 찾아 증인 신청부터 먼저 해야 하는데 가능할까?"

똘배가 날 돌아보았다.

"내 친구 빼그녕이 있잖아."

"난 친구 아닌데."

똘배와 변호사가 나를 빤히 보았다.

"똘배가 라면도 한 박스나 주고, 이런 케이크까지 사준 건 고맙지만 그렇다고 먹는 거 때문에 친구를 할 수는 없어."

변호사가 똘배의 등을 때리며 웃었다.

"큭큭큭, 너 까였다 인마."

똘배가 내 입가에 묻은 초콜릿을 닦아주었다.

"너 좀 섭하다. 그럼 춘입이랑은 어떻게 친구가 된 거야?"

"서로 알아봤으니까."

"뭘?"

"우리가 다른 사람들과 다른 특별한 사람들이라는 걸.

9

증
인

하루 종일 밖에 나가지 않고 나는 집에서 옆집을 살폈다. 가지마오가 방에서 나와야 그 방에 들어가 가지마오의 수첩을 찾아볼 수 있는데 가지마오는 좀처럼 밖으로 나오지 않았다. 어떻게 해야 가지마오를 불러낼 수 있을까. 살구가 달려 있으면 살구나무를 흔들면 바로 튀어나올 텐데 이제 떨어질 살구도 없어 소용없었다. 참새 낚시를 할 때처럼 가지마오가 좋아하는 돈을 잔뜩 뿌려놓고 큰 소쿠리를 씌워놓으면, 가지마오가 돈을 주으려고 달려왔다가 내 소쿠리에 갇힐 텐데, 엄마의 돈단지에는 동전밖에 없어 그 방법을 쓸 수도 없었다.

"할마, 뭐 좋은 방법이 없을까?"

"내가 죽었다고 혀. 그럼 좋아서 달려올 겨."

할마의 말대로 나는 옆집을 향해 소리를 질렀다.

"할마! 할마! 할마 어떻게! 할마!"

가지마오가 방에서 나와 쪽문으로 달려오는 걸 보고 나는 대문으로 나갔다. 가지마오가 우리 집에 있는 사이 가지마오의 방에 들어가 전화번호가 잔뜩 적힌 수첩을 뒤졌다.

"샘 기술자, 샘 기술자, 샘 기술자라고 어딘가 써 있을 텐데…… 찾았다."

내가 후다닥 수첩을 닫는데 가지마오가 방으로 들어왔다.

"너 시방 뭐 하는 거여?"

"아무것도 아니에요."

가지마오가 서랍을 열고 지갑부터 뒤졌다.

"쬐끄만 게 어디서 도둑질을 해!"

"아니에요. 난 아무것도 안 훔쳤어요."

"아니긴 뭐가 아냐. 돈이 비는데. 얼른 내놔."

"난 안 가져갔어요."

"이놈 안 되겠네."

가지마오는 내 귀를 끌고서 엄마 아빠가 일하는 고추밭에까지 갔다.

"내가 뭐라고 혔어? 애 잘 가르치라고 그렇게 말을 해도 귓등으로도 안 듣더니만 자식을 도둑으로 키워?"

"아니라구요. 난 도둑질 안 했어요!"

"그럼 이건 뭐여? 니 호주머니에 있는 이건 뭐여?"

가지마오가 천 원짜리 한 장을 펼쳤다.

"여기 내 돈이라고 100이라 표시해놓은 거 보이지? 그래도 아니라고 할 거여?"

"거짓말. 할아버지가 지금 집어넣었다 뺀 거잖아요!"

"이놈이 이젠 적반하장으로 나한테 덮어씌우네. 백상 태 너 야 어떡할 거여? 벌써 못된 것만 배워 애 베렸는데 이제 어떡할 거여?"

아빠 엄마의 얼굴이 고추보다 더 빨개졌다.

"지금 이깟 고추 따는 게 문제가 아녀! 자식농사를 잘 지어야지! 왜 백가네 애가 송가네 망나니를 따라다니게 해 서 이 꼴을 만들어!"

가지마오의 성화에 집 밖에 못 나가는 벌이 떨어졌다. 아빠는 엄마보고 날 감시하라고 했다. 뜨거운 양달에서 고추 따는 것보다 집에서 노는 게 더 좋으니까 엄마는 얼씨구나 좋다 하고 아빠의 말을 따랐다. 엄마가 이렇게 순종적인 적은 한 번도 없었다.

"니 아빠 한 번 화나면 엄청 무서운 사람이야. 그러니까 까불지 마."

평소답지 않게 아빠를 추켜세웠다. 나는 훔치지도 않은 돈 때문에 이런 벌을 받아야 한다는 게 억울했지만, 그보다 빨리 똘배를 만나 샘 기술자의 전화번호를 알려주지 못하는 게 속상했다. 나는 엄마에게 잘 보이려고 엄마가 시키지도 않았는데 혜영이의 기저귀를 갈아주고 준수 코도 닦아줬다.

"그래봤자 밖엔 못 나가."

"엄마."

"허이구, 진작 좀 말 듣지. 그렇게 말을 안 듣더니 백은 영 꼬시다."

"언제까지 날 감옥에 가둬둘 거야?"

"뭐, 감옥?"

"진짜 감옥에 있는 춘입도 면회는 되는데, 나는 아무도 만날 수 없고. 이건 말도 안 돼."

"누가 보고 싶은데?"

"똘배."

"응?"

"법대생 말이야!"

"법대생이랑 연애하냐? 니가 법대생을 왜 만나?"

"연애가 아니고 동지야."

"뭐?"

"아무튼 그런 게 있으니까 잠깐만 나가게 해줘."

"시끄러. 아빠가 한 달 동안 꼼짝하지 말랬으니까 그런
줄 알아."

한 달이라고? 말도 안 돼.

난 엄마가 변소에 갈 때를 노려봤지만 엄마는 내 팔에
줄을 매달아 자기 팔에 묶고서 변소까지 갔다. 나는 그 줄을
살짝 끊고 준수의 팔에 묶었다. 엄마가 눈치채지 못하게 살
금살금 대문을 빠져나갔다. 똘배한테 뛰어가 소리쳤다.

"샘 아저씨 전화번호 찾았어!"

똘배는 날 데리고 터미널 대신 시장으로 갔다. 장날이
라 사람들이 빠글빠글했다. 나는 똘배를 놓치지 않으려고
똘배가 들고 있는 우산을 꼭 붙잡았다. 손도 하나밖에 없는
사람이 비도 안 오는데 왜 우산은 들고 와가지고.

나는 속으로 투덜거렸는데, 똘배는 내가 우산을 붙잡고
잘 따라오는지 아닌지도 확인하지 않고 사람들에게 뭘 묻고
다녔다.

그러다 마늘을 팔고 있는 한 남자에게로 다가갔다.

"보은에서 오신 분이세요?"

"그려요."

"그럼 다 팔고 가실 때 경운기 좀 얻어 타게 해주세요."

똘배가 호주머니에서 돈을 꺼내 내밀자 남자가 의아하게 쳐다봤다.

"돈 있으면 차를 타지 왜……"

"차멀미가 심해서요."

똘배는 차멀미가 심한 사람이 나라고는 하지 않았다. 마늘을 다 팔아치운 남자가 우리를 데리고 한쪽에 있는 경운기로 갔다. 내가 경운기에 올라가자 똘배가 집에서부터 가지고 온 우산을 펴 들었다.

와, 이래서 가지고 온 거였구나. 그럼 진작 그렇다고 말을 해주지.

나는 똘배가 들고 있는 우산 그늘에서 똘배가 장에서 사 온 꽈배기를 먹으며 기분이 좋았다. 백작님의 딸로 태어나게 해달라고 칠성님한테 빌었던 소원이 반은 이뤄진 것 같았다. 똘배 덕분에 케이크도 먹고, 이런 귀한 대접도 받고.

"목말라!"

똘배는 공주님의 신하처럼 얼른 사이다병을 대령했다. 이래서 춘입이 남편을 버리고 똘배랑 도망쳤구나, 조금 이해가 됐다. 그래도 나 같으면 손이 두 개 다 있는 샘 아저씨를 더 좋아했을 텐데.

경운기는 탈탈탈거리며 한참을 달려갔다. 운전을 하는 아저씨가 똘배를 돌아보고 소리쳤다.

"보은 어디까지 갈 거유?"

"장내리요. 그쪽으로 가시는 길 아니면 중간에 내려주셔도 돼요."

"돈도 그렇게 많이 받았는데 그람 안 되지요. 장내리까지 가서 내려줄게유."

"감사합니다."

"장내리가 뭐야?"

난 마차를 타고 있는 공주 기분에 한껏 취해 마리 앙투아네트처럼 말했다.

"그 남자네 집. 네가 알려준 전화번호로 찾아냈지."

"어떻게?"

똘배는 두 손가락으로 내 코를 움켜쥐었다.

"빼그녕. 나도 어렸을 땐 우리 동네에서 천재 났다고 떠들썩했었어."

"피, 만날 시험에 떨어졌으면서. 그래서 굿까지 했었다는 것도 다 알아."

"그거야…… 시험에 붙기 싫었으니까."

똥배가 손이 없는 오른쪽 팔을 바라보았다.

"이게 똥배가 원하는 거야?"

똥배가 눈을 동그랗게 뜨고 날 보았다.

"손이 두 개면 더 잘 살 수 있는데 왜 하나를 버려야 자기가 원하는 대로 살 수 있다고 생각했어?"

"바보라서."

"피, 진짜 바보들은 그런 말 안 해."

똥배가 물끄러미 나를 바라보았다.

"춘입이랑 살려고 손까지 바쳤으면서 춘입을 왜 때렸어? 막 가라고 했잖아!"

"떠날까봐 무서워서."

"응?"

"내가 모르는 사이 사라질까봐, 그래서 차라리 내가 보고 있을 때 가라고."

사이다 먹은 게 뒤늦게 올라오는지 코가 찡했다. 눈까지 매웠다.

"그런데 춘입이 똥배 몰래 가려고 그런 거야? 그래서 터미널에서 경찰들한테 붙잡힌 거야?"

사이다를 먹지도 않았으면서 똥배도 코가 찡해지는지 눈이 빨개졌다. 괜히 그런 말을 해 똥배를 아프게 한 것 같아 후회스러웠다. 퉤퉤퉤. 하늘 땅 별 땅 취소.

우리를 태우고 온 경운기가 멈췄다. 경운기에서 내려주며 아저씨가 물었다.

"근데 이 동네에 누구 아는 사람 있어유?"

"샘 아저씨요!"

내가 소리치자 경운기 아저씨가 눈을 뻐끔거렸다.

"샘 파는 아저씨예요. 아저씨네 아버지는 여기서 소를 키운다고 했어요."

"아, 봉수네 집 말하나보네. 근데 그 집 시방 난리 나서 집에 아무도 없을 텐데."

"네? 왜요?"

"테레비 뉴스 안 봤어요? 무슨 간첩단이 적발됐다잖어유. 봉수도 거기 한패라고 서울서 경찰들이 엄청 많이 왔었다던데 갸가 도망쳐서 못 잡았대나."

아저씨가 가고 나자 똘배의 표정이 더 어두워졌다. 면장네서 굿을 할 때 나타나 소리쳤을 때처럼 화가 잔뜩 난 것 같았다. 내 발걸음을 맞춰주지도 않고 먼저 성큼성큼 걸어가 나는 우산까지 들고 뛰어가야 했다.

동네로 들어가자 똘배는 샘 아저씨의 이름을 대고 집이

어디냐고 물었다. 사람들이 가르쳐준 집에는 아무도 없었다. 외양간도 비어 있었다.

"소똥이야. 하루만 돼도 딱딱해지는데 아직 말랑말랑해."

내 말에 똘배가 옆집으로 갔다. 여기 사람들 어디 갔냐고 묻자 옆집 남자는 모른다고 고개를 저었다. 소는 어디 갔냐고 해도 무조건 모른다는 말만 했다. 똘배가 손가락이 없는 오른손을 불쑥 그 남자한테 내밀었다.

"저 그런 데서 온 사람 아니에요."

남자가 똘배의 허전한 손을 바라보다 날 한 번 쓱 보고는 입을 열었다.

"멀쩡한 사람 간첩으로 만드는 놈들이 소라고 남겨두겠냐고 봉수 아버지가 오늘 다 팔아버렸어."

"그럼 가족들은 어디 계시는데요?"

"그 돈 들고 다 아들 찾으러 갔지. 연락이 안 되니 걱정돼서. 벌써 죽은 거나 아닌지 몰라. 근데 어디서 왔어? 봉수 친군가?"

이 아저씨가 우리 동네까지 오토바이를 태워줘 경운기를 타고 갈 때보다 빨리 왔다. 똘배가 고맙다며 돈을 내밀었지만 아저씨는 똘배가 준 돈을 다시 던지고 돌아갔다. 사람

사이에 그러는 거 아니라면서.

나는 집으로 가자마자 아빠한테 붙들려 혼이 났다.

"집 밖에 나가지 말랬는데 또 어딜 갔다 와?"

"간첩이 뭐야?"

"뭐? 묻는 말에 대답은 안 하고 왜 엉뚱한 걸 물어?"

"유언비어에 속지 말자. 간첩 신고는 112. 회관에 써 있는 그 간첩이야?"

"그려. 간첩은 아주 나쁜 놈들이여."

"도둑놈보다 더?"

"그럼. 세상에서 제일 나쁜 놈들이 간첩이여."

"그럼 간첩이랑 같이 놀면 어떻게 돼?"

"어떻게 되긴. 감옥 가지."

헉.

나는 샘 아저씨랑 같이 냇가에도 가고 산에도 갔었는데. 샘 아저씨가 잡히면 나도 감옥에 가는 거잖아! 샘 아저씨야 프랑크를 죽였으니 감옥에 가도 상관없지만, 샘 아저씨랑 같이 산에 갔던 춘입도 이미 감옥에 있으니 괜찮지만 나는 아무 잘못도 안 했는데 감옥에 가는 건 너무 억울하다는 생각이 들었다.

"너 가지마오 방에 가서 진짜 돈 안 훔쳤어?"

"지금 그런 거 따질 때가 아니야."

"뭐?"

"아빠도 감옥 갈 준비해."

"그게 무슨 소리여?"

"아빠도 샘 아저씨랑 같이 밥 먹고, 같이 놀았잖아. 내가 감옥 가면 난 다 애기할 거야."

그 말에 겁을 먹었는지, 아빠는 더 이상 날 귀찮게 하지 않았다. 혼자 무릎을 치면서 중얼거렸다.

"그 사람이 간첩이라고? 어쩐지…… 사람이 너무 똑똑하드라니. 스푸링클런가 뭔가 그런 걸 보통 사람들이 어떻게 만들어? 간첩이니께 할 수 있는 기지. 집에서 안 자고 텐트에서 자는 것도 그렇고. 허허, 간첩 맞네 맞아!"

간첩인 샘 아저씨가 다시 우리 동네에 올 수도 있으니 이제 아빠가 집에서 날 감시하겠다며 엄마를 고추밭으로 쫓아내고 낮잠을 잤다. 낮잠 자는 척하다가 내가 나가면 혼내려고 하는 건가 싶어 일부러 신발 신는 소리를 크게 냈지만 알지도 못했다.

보은에 다녀온 후, 똘배는 부쩍 말이 없어졌다. 변호사와 전화 통화를 하고는 표정이 더 어두워졌다.

"왜 그래?"

"일이 더 커질 것 같아."

"왜?"

똘배는 대답하지 않았다. 내가 조잘조잘 이야기를 해도 전처럼 열심히 듣지 않았다. 혼자 떠드는 게 재미없어 그만 집에 가려고 일어나자 똘배가 나를 붙잡았다.

"빼그녕. 오늘 너와 해야 할 일이 있어."

"뭔데?"

"아주 중요한 일이야."

나는 똘배가 시키는 대로 배밭에 갔다. 가지가 무성해 초록색 잎과 배들이 가득한 나무 위로 올라갔다. 똘배가 춘입의 초록색 치마를 내 머리에 씌웠다. 나는 눈만 빼꼼하게 내놓았다. 똘배가 나무 아래로 내려가 확인했다.

"오케이. 하나도 안 보여."

"이제 뭘 하면 돼?"

"내가 가지마오에게 전화를 했으니까 이쪽으로 가지마오가 올 거야. 넌 증인이니까 우릴 똑바로 보고만 있으면 돼."

가지마오가 모시 저고리를 입고 지팡이를 휘두르며 올라오는 게 보였다. 뭐가 즐거운지 지팡이를 휘두르는 품새가 경쾌했다. 똘배는 배밭 입구로 나가 가지마오를 맞이했다. 가지마오가 똘배와 함께 내가 있는 쪽으로 걸어왔다.

"지난번에는 안 판다더니 왜 갑자기 마음이 변한 겨?"

"아무래도 제 능력으로는…… 어려울 거 같아서요."

"그려 그려. 잘 생각혔어. 젊은 사람이 도시 가서 출세할 방도를 찾아봐야지. 이런 시골에 처박혀 있으믄 쓰나. 팔이 그리됐어도 할 수 있는 일이 있겄지."

"네. 근데 떠나기 전에 좀 알고 싶은 게 있어요."

"뭔가?"

"우리 아버지랑 친구시죠?"

"친구라기보단 같은 동네에서 같이 컸지."

"우리 아버지가 먼저 그 말씀 꺼내셨었나요?"

"무슨 말?"

"춘입이 여길 떠나게 남자 하나 붙여주잔 말이요."

가지마오의 지팡이가 흔들렸다.

"그 얘긴 어디서……"

"솔직히 말씀해주시면 이 배밭을 넘기겠습니다. 값도 어르신이 원하시는 만큼만 받을게요."

가지마오가 땅에 대고 있는 지팡이를 흔들어댔다. 그러면서 눈으로는 넓은 배밭을 훑었다.

"그게 처음부터 자네 아버지가 꺼낸 말은 아니고, 내

가 샘 기술자를 데려왔다고, 이왕 우리 동네 왔으니까 면장네도 샘 필요하믄 이 기회에 파라고 그랬지. 그랬더니 안 그래도 여기 배밭에 샘이 있으믄 좋겠다고 그러데. 그래서 내가 샘 기술자를 데리고 와 슥 보여줬어. 이 사람 잘 때가 마땅치 않으니 저 창고에서 지내게 해주면 어떻겠냐고. 자네 아버지가 고개를 끄덕끄덕하데. 자네 아버지가 생판 모르는 사람을 그냥 그렇게 받아줄 리는 없잖어. 그래서 알았지. 아, 다른 꿍꿍이가 있구나."

"그건 아저씨의 생각일 뿐이잖아요?"

"에이, 우리가 한두 해 알고 지낸 사람들이 아니여. 자네만 몰랐지, 자네 어머니, 동네 사람들도 다 눈치채고 있었어. 어쩌면 춘입도 알았을걸."

똘배의 얼굴이 하얗게 변했다.

"그럴 리가……"

"그 여자도 샘 기술자가 영 싫은 눈치는 아니더구만. 그래서 다 잘돼간다 하고 있었는데 그놈의 송아지 때문에 다 어그러진 겨."

우리 프랑크의 이야기가 나와 나는 더 귀를 쫑긋 세웠다.

"샘 기술자 그놈이 처음엔 그렇게 안 봤는데 아주 욕심이 많은 놈이더라고. 자기가 이 동네 사람들이 원하는 대로 춘입을 데리고 떠날 테니 송아지 값을 달라고 하데. 그래서 내가 내 돈으로 먼저 준 겨. 나중에 일 잘되면 자네 아버지한테 받기로 하고. 그랬는데 그놈이 송아지가 없어졌다는 핑계로 혼자 날라버린 겨. 완전히 우린 당했다니께."

"송아지를 상엿집에 숨겨놓았던 건 왜 빼세요?"

"어? 그 일도 알어?"

"그래서 그 사람이 송아지를 죽인 거잖아요. 동네 사람들한테 속았다는 생각에."

"속기는. 원래 그 송아지는 내 돈으로 산 거여. 그놈 돈은 한 푼도 안 들어갔다니께. 그라고 그놈이 송아지를 죽여서 여기 파묻은 건 나 때문이 아니고 그 여자랑 자네 때문이여."

"그게 무슨 소리예요?"

"샘 기술자가 춘입이한테 속았다고 하데. 진짜로 춘입이 자기를 좋아하는 줄 알았댜. 그래서 고향에 가서 춘입이랑 소 키우고 살 생각까지 혔는데, 그 여자가 도끼를 던져주면서 그럼 손을 다 자르라고 하더랴. 자네는 자기를 위해서 다섯 손가락을 바쳤으니까 열 손가락을 바치라고. 그 말에 샘 기술자 그놈이 미쳐버려가지고는 그 도끼로 내 아까운 송아지를 죽여버리고 간 겨."

가지마오가 가고 나서 나는 춘입의 치마를 벗고 나무

아래로 내려왔다. 똘배는 배나무에 기대앉아 멍하니 하늘만 바라봤다. 나도 그 옆에 앉아 똘배가 바라보는 하늘을 보았다. 손가락 없는 똘배의 오른손이 내 옆에 놓여 있었다. 나는 그 손을 잡아 춘입이 했던 것처럼 내 손가락을 붙였다. 봄에 새로 솟아나는 작은 새싹처럼 내 손이 똘배의 손에서 자라났다.

법대생이 배밭을 가지마오에게 팔았다는 소식에 아랫마을 사람들은 흥분했다. 가지마오는 아침부터 신이 나서 전축을 크게 틀어놓고 〈가지 마오〉를 불렀다. 희숙이는 백가네가 결국 이겼다고 자기 배밭이라도 되는 양 기뻐했는데 나는 내 배밭을 빼앗긴 것처럼 우울했다.

똘배가 정식으로 밭 문서를 가지마오에게 넘겨준 날, 가지마오는 백가네에게 총동원령을 내렸다. 새와 쥐들이 다 먹어치우기 전에 얼른 배밭에서 배봉지를 씌우고 잡초를 베라고 명령했다.

8월 뙤약볕에 일하는 건 고역이었지만 가지마오가 1억이나 되는 현금을 주고 배밭을 샀다는 말에 백가네 사람들은 가지마오의 말을 전보다 더 고분고분 잘 따랐다.

"아들이 별을 달았으니께 그만한 돈은 이제 돈도 아닌

겨."

"이 밭이 2만 평이라도 평당 5,000천 원씩 쳐줬으니께 다른 데보다 두 배는 많이 준 거여. 부모까지 그리 죽은 기 불쌍해서 가지마오가 법대생한테 선심 썼댜."

순 거짓말이었다.

나는 그날 배나무 위에서 다 보았다. 똘배가 가지마오에게 뭐라고 했는지, 가지마오가 뭐라고 약속했는지 다 들었다. 그 대가로 똘배는 한 푼도 받지 않고 배밭을 가지마오에게 넘겼다.

송가네는 똘배가 배밭을 자기네와 상의도 없이 가지마오한테 팔았다고 분개했다. 돈이 필요해서 땅을 판다 그러면 자기네들이 돈을 주고 샀을 텐데 어떻게 말도 없이 백가네에게 그 땅을 홀딱 넘길 수 있냐면서 호적에서 똘배를 파버려야 한다고 핏대를 세웠다.

"그놈은 이제 더 이상 송가가 아녀."

똘배가 자기들 몰래 선산에 면장네의 뼛가루를 파묻으면 안 되니 순서를 정해 선산 묘지를 지키자고 했다. 하지만 실제로 무덤을 지키는 사람은 송가네 어른들이 아니라 송가네 아이들이었다. 고추도 따고, 콩도 따고, 이삭이 영글어가는 논에서 참새도 쫓아야 해 어른들은 무덤을 지키고 앉아 있을 수가 없었기 때문이다.

여자아이들은 혼자 무덤에 가는 게 무서워 품앗이를 했다. 향자는 송가네 아이들이 순서일 때 같이 가주었는데, 자기 순서일 때는 생깐다면서 희숙이와 나에게 같이 가달라고 부탁했다.

공판이 연기됐다며 똘배가 자주 집을 비우고 없어 나는 희숙이와 같이 향자네 선산에 갔다. 향자는 우리를 위해 찐 감자를 싸 왔다. 무덤을 지키러 왔던 아이들이 하도 미끄럼을 타고 놀아 둥그런 무덤의 잔디들이 번들거렸다.

"우리도 미끄럼 타도 돼?"

희숙이가 묻자 향자가 고개를 끄덕였다.

"다른 애들도 다 타는데 뭐."

희숙이가 올챙이처럼 생긴 무덤의 꼭대기로 올라가 비료 포대를 깔고 앉았다. 비료 포대가 무덤 밑으로 내려가자 꺅 소리를 질렀다.

"되게 재밌어. 은영이 너도 타봐."

희숙이가 나한테 비료 포대를 내밀었다. 나는 별로 타고 싶은 마음이 없는데 자꾸만 해보라고 향자와 희숙이가 보채서 할 수 없이 포대를 들고 무덤 위로 올라갔다. 비료 포대에 앉기도 전에 송가네 아저씨의 고함 소리가 들려왔다.

"이놈들 여기서 뭐 하는 거여!"

향자와 희숙이가 잽싸게 도망을 쳤다. 나도 아이들을 따라가려고 했는데 비료 포대를 밟고 미끄러져 무덤 아래로 굴러떨어졌다. 송가네에서 제일 무섭다고 소문난 향자네 당숙이 내 머리칼을 움켜쥐었다.

"누가 여기서 이런 짓 하라 그랬냐?"

"예?"

"누가 시켰냐고!"

"희숙이랑 향자가."

"애들 말고 어른 말이야, 어른! 가지마오가 시켰냐?"

"예?"

"내 그럴 줄 알았지. 이놈의 영감탱이를 그냥!"

향자네 당숙은 내 머리칼을 움켜쥐고 아랫마을로 내려 갔다. 샘 기술자를 불러들여 송가네 집안을 파탄 내고 배밭까지 뺏은 걸로도 모자라 송가네 선산까지 훼손했다고 길길이 뛰었다. 백가네 사람들은 송가네의 선산을 훼손한 것은 백가네 아이들이 아니라 송가네 아이들이라고 맞섰다. 그러자 향자네 당숙이 나를 끌어다 백가네 앞에 들이밀었다.

"야가 송가여? 야가 송가냐고."

나한테도 윽박질렀다.

"니가 직접 말해봐. 니 이름이 뭐여?"

"빼그녕이요."

"뭐?"

"빼그녕이라구요!"

백가네 사람들 사이에서 웃음이 터졌다.

"것 봐. 갸는 우리 백씨가 아니여. 빼씨잖어, 빼씨."

잔뜩 벼르고 내려왔던 송가네도 가지마오의 말에 어이없어 할 말을 잃었다. 날도 더운데 냇가에 가서 천렵이나 하자고 가지마오가 말했다.

"안 그래도 내가 한 턱 내려고 하고 있었어. 우리 아들이 이번에 또 별을 하나 더 달았거든!"

그 말에 사람들이 와우 함성을 지르며 박수를 쳤다. 배밭을 빼앗겨 분이 안 풀린 송가네 사람들도 별을 또 달았단 얘기에 서로 눈치를 보다가 박수를 쳤다.

"그건 축하할 일이네요."

"어디 나만 축하받을 일인가. 다 우리 동네 경사지. 오늘은 맘껏 먹고 놀자고. 다 내가 살 테니께."

온 동네 경운기가 다 동원됐다. 어른 아이 할 것 없이 경운기를 타고 냇가로 갔다. 여자들이 탄 경운기에는 양은솥과 고추장, 김치가 실렸다. 술을 사러 읍으로 갔던 경운기 한 대까지 도착하자 본격적으로 솥이 걸리고 천렵이 시작됐다.

남자들은 투망과 작살을 들고 물속으로 뛰어들고 아이들은 첨벙첨벙 헤엄을 치며 놀았다. 나는 샘 아저씨와 이곳에 왔던 게 생각났다. 프랑크가 죽은 건 너무 가슴 아프지만 샘 아저씨가 죽지 않아서 다행이라는 생각도 들었다. 아저씨는 진짜 간첩일까? 아직도 안 잡혔을까? 잡혔다면 간첩과 놀았다고 나도 잡으러 왔을 텐데 아직 아무도 안 온 거 보니 안 잡힌 거겠지.

여자들은 남자들이 잡아 온 피라미와 빠가사리, 붕어를 넣고 푹 끓인 후 고추장을 풀고 국수를 넣었다. 자기 집 텃밭에서 따온 깻잎과 배추, 파와 호박, 마늘, 고추까지 다 집어넣고 국수가 푹 퍼질 때까지 끓여 한 그릇씩 퍼주었다. 김이 펄펄 나는 국수에 입천장이 다 까지는데도 열심히 먹었다. 너무 더워 땀이 나면 생선국수 그릇을 들고 냇가로 들어가 아랫도리를 물에 담근 채 먹었다.

"이번에 생긴 흉사는 그동안 우리 동네에서는 볼 수 없었던 일이여. 오순도순 사이좋게 살아온 우리 송백리에 어떻게 이런 일이 생겼는지 모두들 참 가슴 아프고 비참할 것인데 오늘 여기서 다 풀고 잊어버리자고."

가지마오가 술병을 높이 쳐들었다. 생선국수로 배를 채운 남자들이 술을 마시고 다시 물속으로 들어가자, 여자들이 남자들 몰래 술을 돌렸다. 엄마는 다른 아이들과 같이 물에 들어가려는 나를 붙잡아서는 혜영이를 맡겼다.

"그란데 이제 법대생은 어떡한댜?"

"어떡하긴 어떡혀. 다른 여자 만나 결혼하고 잘 살믄 되지."

"춘입이는 이혼당했다든디."

"당연하지 그럼. 누가 빨갱이 살인자를 기다려줘?"

애들은 신나게 노는데 나만 혼자 혜영이를 보고 있는 게 짜증 나 나는 오줌이 마렵다고 거짓말을 했다. 엄마한테 혜영이를 떠넘기고 오줌을 누는 척 갈대숲 뒤로 뛰어갔다. 그곳에 나무 상자 두 개가 있었다. 튼튼하게 생겨 집에 가져가 내 보물 상자로 써야지 했는데, 할마가 와서 건드리지 말라고 했다.

"그런 건 집 안에 들이는 거 아녀."

"왜?"

"사람의 뼛가루를 담았던 거니께."

"사람? 누구?"

"너도 아는 사람들."

"면장네 할아버지 할머니?"

"그려."

"근데 뼛가루는 어디로 갔어?"

할마가 대답 대신 냇물을 바라봤다.

"저기 있는 사람들한테는 말하지 말어. 또 시끄러워지니께."

나는 고개를 끄덕이고 혹시 똘배가 보이지 않을까 해 주위를 둘러보았다. 똘배가 보이지 않아 혹시 똘배도 뼛가루와 함께 냇물에 들어간 게 아닐까 걱정돼 냇물을 따라 달렸다.

똘배, 죽으면 안 돼.

10

우
수
리

추석 전에 배를 따서 판다고 동네 사람들은 죄다 배밭
에 매달려 일을 했다. 천렵을 다녀온 후 가지마오는 백가네
대장뿐만 아니라 우리 동네 대장이 되었다. 가지마오가 말
을 하면 모두들 고개를 끄덕였고, 가지마오가 배밭에 나오
라면 자기네 일들도 내팽개치고 배밭으로 나왔다. 희숙이도
아랫마을뿐만 아니라 윗마을에서도 대장놀이를 했다. 고무
줄을 할 때도, 공기놀이를 할 때도 항상 희숙이가 제일 먼저
였다. 희숙이는 나한테 두 번째 순서를 준다고 했지만 나는
끼고 싶지 않았다. 그래서 혼자 면장네 집에서 똘배의 책을
읽었다. 똘배는 아직도 돌아오지 않고 면장네 집에는 풀만
무성했다. 똘배가 안 올지도 모른다는 생각에 풀을 뽑기도
싫었다.

춘입 때문에 봉지를 늦게 씌워주는 바람에 기스 난 배

가 많고 태풍까지 와 낙과가 많이 생겨 팔 수 있는 건 얼마 안 된다고 가지마오는 성을 냈다. 그래도 트럭이 두 대나 와서 배 상자를 실어 갔다. 종이로 만든 배 상자에 자기 이름까지 박았다. 그런데 그 앞에 있는 동네 이름이 이상했다. 송백리가 아니고 백송리로 돼 있었다. 가지마오는 공장에서 실수를 해 잘못 찍혀 온 거라고, 그렇다고 다 물러달랄 수도 없으니 그냥 쓰는 거라고 했지만, 송가네 사람들은 자기들끼리 눈을 맞추며 별 두 개에 저런데 아들이 별 세 개 네 개 달면 그땐 무슨 일이 벌어지려나 수군거렸다.

다른 때와 달리 가지마오의 추석 준비는 요란했다. 배밭을 되찾았으니 조상님들께 대대적으로 알려야 한다며 집을 새로 도배하고, 병풍을 사 나르고, 음식도 엄청나게 준비했다. 엄마 아빠는 아침부터 밤까지 가지마오의 집에서 살았다.

추석 전날, 도시로 나갔던 사람들이 추석을 쇠러 내려와 온 동네가 북적거렸다. 별을 단 장군은 바빠서 내려오지 못한다고 해 가지마오는 풀이 죽었다. 우리 아들 자동차를 세워야 한다고 하루 종일 집 앞에서 애들도 못 놀게 했는데, 그 차가 이제 안 오는데도 나와 동생들까지 쫓아냈다.

"시끄러 이놈들아. 니 집 가서 놀아!"

우리한테 괜히 심통을 부렸다. 그러더니 갑자기 샘 아저씨가 도끼로 잘라버린 배나무가 보기 싫다며 아빠에게 파내라고 했다.

"뿌리가 깊어 파내기도 쉽지 않을 텐데 그걸 지금 어떻게 해요? 추석 끝나고 할게요."

"지금 하라면 지금 하지 무슨 말이 많어?"

"큰아버지!"

"뭐?"

"제가 이 집 머슴이에요?"

"뭐?"

"큰아버지가 시키면 시키는 대로 다 해야 되는 머슴이냐구요. 그동안 참고 참았더니 진짜 너무하시네."

아빠가 땅에다 침을 딱 뱉고 집으로 가버렸다.

"저, 저, 저놈이 어디서! 백상태, 백상태 너 이리 안 나와!"

아빠는 그래도 나오지 않았다.

"은영이 너 들어가서 니 아빠 나오라고 해. 어디 애들 앞에서 감히 어른한테!"

나는 가지마오의 말을 전하러 집으로 갔는데 그 말을 할 틈도 없이 아빠가 먼저 소리쳤다.

"은영이 너 큰집 가서 니 엄마 불러와. 시아버지 제사 준비도 안 하고 왜 엉뚱한 데 가서 일을 하고 있어, 이 여편네가!"

하도 크게 말을 해 옆집에서 일하고 있던 엄마도 다 들었다. 엄마가 담장 위로 고개를 내밀고 분위기를 살피다가 슬금슬금 쪽문으로 넘어왔다. 자기 집으로 들어간 가지마오의 목소리가 엄마를 따라 담장을 넘어왔다.

"그래, 그럼 니들끼리 잘해봐라. 그럼 내가 아쉽냐? 니가 아쉽지!"

그날 읍에서 사람들이 와 기어코 배나무를 파냈다. 샘 아저씨가 잘라버려 밑동밖에 남지 않았지만 땅속에 있던 뿌리는 꽤 컸다. 엄마는 가지마오가 인부들한테 5만 원씩이나 줬다고 눈을 동그랗게 떴다.

"그 돈을 쓸 거면 당신한테 돈을 준다고 미리 말을 하지 저게 뭐야?"

"돈 준다고 내가 할 거 같냐?"

아빠가 팽하니 돌아누웠다.

"홍골밭 한 자리 빼고는 다 큰집 땅인데 이제 농사도 부치지 마라 그러면 어쩔라고 그랴?"

"짓지 말라 그러면 서울로 이사 가믄 되지!"

"서울 가믄? 가서 뭐 하게? 다리 뻗고 잘 데도 없는데 애를 셋씩이나 데리고 올라가서 뭐 할라고?"

"왜 아무도 없어? 봉금이 누나 찾아가믄 되지."

"가지마오랑 등지고 가지마오 딸을 찾아가냐? 그럼 어이구 잘했다 하고 그 여자가 받아줄 거 같어?"

"봉금이 누나는 가지마오랑 달러."

"달라봤자 핏줄이여. 아무리 사이가 안 좋아도 사촌지간보다는 부녀지간이 가까운 거고. 등신같이 그런 것도 모르냐."

다른 때 같았으면 또 한바탕 엄마와 붙었을 텐데 아빠는 조용히 돌아누웠다. 엄마가 큰집에 가서 송편을 빚어도 얼른 집으로 오라고 부르지 않았다. 빗자루를 들고 마당을 쓸기 시작하더니 우리 대문을 지나 가지마오네 집까지 쓸었다.

집집마다 친척들과 노느라 떠들썩한데 우리 집만 썰렁했다. 심심해 희숙이랑 놀까 하고 가봤지만 희숙이는 도시에서 온 고모들이랑 실뜨기를 하고 논다 했다. 돌아서는 내 등에 대고 벼름박에 껌 붙이듯 뒷말을 달았다.

"같이 놀자고 할 땐 안 놀더니 빼그녕 쟤 이상해."

이런 걸 외로움이라고 하는 거겠지.

집에 가기도 싫어 혹시 똘배가 왔나 해 면장네로 발길을 옮겼다. 면장네 집은 여전히 캄캄했다. 낮이라면 혼자 책이라도 읽겠지만 한밤중이라 면장네 집에서 책을 읽는 건 좀 무서울 거 같았다. 저 방에 농약을 먹은 채 쓰러져 있던 면장 할아버지와 할머니 모습이 떠올랐다.

그래서 대문으로 들어가지 않고 돌아서는데, 배밭에서 불빛이 보였다. 할마와 상엿집에 갔다가 혼비백산해 혼자 도망쳤던 그날 밤처럼. 나는 혹시 그때처럼 똘배가 배밭에 있는 게 아닐까 싶어 배밭으로 갔다. 그리고 보았다. 그때처럼 두 사람이 무언가를 묻고 있는 것을. 이번에는 우리 프랑크가 묻혀 있는 곳이 아니라 샘 아저씨가 잘라낸 배나무가 있던 곳, 오늘 낮에 사람들이 배나무를 파냈던 바로 그 구덩이였다.

누굴까?

설마 또 똘배와 춘입은 아니겠지?

궁금증을 안고 한 발 한 발 다가가는데 누군가 내 머리칼을 뒤에서 와락 잡아챘다. 귀신인 줄 알았는데 가지마오였다. 플래시로 얼굴만 비추고 있어 귀신보다 더 무서웠다.

"이 밤중에 여기서 뭐 하는 겨?"

"저기 불빛이 보여서."

"오늘 배나무 파낸 자리에 새 나무 심는 겨. 그러니께 넌 얼른 집에 가."

다른 때보다 더 무서워 보이는 가지마오 때문에 더 이상 버틸 수 없어 돌아섰지만 이해가 되지 않았다. 왜 새 나무를 이렇게 한밤중에 심지? 그것도 추석 전날 밤에?

더 이상한 건 바빠서 못 온다고 했던 별 장군의 차가 배밭 옆에 서 있다는 것이다. 밭에서 무언가를 파묻은 두 남자가 울타리를 넘어 그 차에 탔다.

해마다 배 수확이 끝나고 날씨가 쌀쌀해지면 면장네는 배가 얼기 전에 동네 사람들에게 우수리를 주워 가라고 했었다. 너무 작거나 흠이 있어 못 판 배들이 대부분이지만 간혹 배나무에서 늦게 익은 배들도 있고, 태풍 때문에 떨어진 배봉지 속에도 멀쩡한 것들이 꽤 있었다. 그걸 가리기 위해 배봉지를 볼 때마다 발로 살짝 밟았다. 발이 쑥 들어가면 썩어서 무른 배고, 발이 안 들어가면 성한 거니까 배봉지를 찢어서 노란 배를 꺼내 담았다. 그런데 가지마오는 추석이 끝나고도 우수리 행사를 하지 않았다. 아빠가 배밭에서 썩어 가느니 사람들이 가져가 먹으면 좋지 않냐고 몇 번이나 말해도 못 들은 척했다. 아무도, 우리 식구까지도 배밭에 들어

가지 못하게 했다.

엄마는 지금까지 일은 다 시켜먹고 남은 배도 못 따 먹
게 한다고 가지마오를 욕했다. 아빠는 구두쇠인 가지마오가
성한 배를 그대로 썩히는 게 이상하다며 배밭에 돈이라도
파묻어놓은 게 아닌가 의심했다.

"그러니까 운동한다는 핑계로 매일 배밭에서 순찰까지
돌지 왜 그러겠어?"

나는 아빠에게 추석 전날 밤 보았던 걸 말했다.

"사람들이 구덩이에 뭘 파묻고 별 장군의 차를 타고 갔
어."

"야가 또 이상한 소리 하네. 그날 별 장군은 바빠서 못
온다고 했어!"

"그런데 왔었다니까."

"왔는데 다음 날 차례도 안 지내고 올라가? 말도 안 되
는 소리 좀 하지 말어."

"똘배, 법대생을 파묻었는지도 몰라. 그래서 안 보이는
거야."

"뭐?"

"가지마오가 약속을 안 지키려고 똘배를 죽인 거야. 아
님 샘 아저씨거나."

"너 또!"

"샘 아저씨가 자기 돈을 가지고 가버렸다고 가지마오가 가만 안 둔다고 그랬었단 말이야."

"은영이 너!"

아빠는 내가 더 이상 말을 못하게 손으로 입을 막아버렸다.

"한 마디만 더 하믄 진짜 집에서 쫓아낼 겨. 넌 앞으로 그 밭에 신경 꺼!"

춘입이 있었다면, 똘배가 있었다면 집에서 쫓겨나는 것쯤은 무섭지 않았지만 이젠 갈 데가 없어 입을 다물었다. 하지만 의심이 사라진 건 아니었다. 그날 밤 이후부터 매일 운동을 한다면서 가지마오는 배밭에서 살았는데 몰래 따라가서 보니까 운동은 안 하고 새로 심어놓은 배나무 앞에 우두커니 서 있을 때가 더 많았다. 최소한 운동을 한다면 배나무에 매달려 턱걸이를 하거나 제자리 뛰기라도 해야 하는 거 아닌가? 그리고 왜 하필 그 나무 앞에서만 죽치고 서 있냔 말이다.

나는 면장네 집에서 책을 읽다가 가지마오가 배밭에서 나오는 걸 확인하고 배밭으로 올라갔다. 땅에 떨어진 배들이 썩어 조청을 끓일 때처럼 달콤한 냄새가 배밭에 진동했다. 시커먼 왕개미들이 줄을 지어 배나무를 올라가고, 다른 해보다 더 많은 새끼 쥐와 어린 새들이 바닥에 수북이 쌓인 나뭇잎 사이에서 짹짹거렸다. 이 나무 저 나무 사이로 파리 떼와 말벌, 메뚜기와 여치가 어지럽게 날아다녀 한 발 한 발 걸어가는 게 쉽지 않았다.

샘 아저씨가 잘라낸 배나무가 있던 자리에는 내 키보다 조금 큰 배나무가 심겨 있었는데, 접붙인 지 얼마 안 되는지 밑동과 위에 있는 가지가 다른 색깔이고 중간이 붕대 같은 것으로 묶여 있었다.

겨우 이걸 심으려고 두 남자가 한밤중에, 그것도 추석 전날 밤에 이곳에 왔었을까. 이 정도면 가지마오 혼자 심어도 될 것 같은데 왜 그랬을까? 왜 가지마오는 매일 하염없이 이 나무를 바라보다 갈까?

아무리 생각해도 이상해 나는 배나무를 살짝 들어보았다. 그새 뿌리가 내렸는지 쉽게 뽑히지는 않았다. 혹시 가지마오가 나타나면 또 혼을 낼 거 같아서 나는 가지마오가 오지 않는지 보려고 배나무에 올라가 동네를 살폈다. 얼굴에 거미줄이 끈적하게 달라붙어 고개를 흔드는데, 나 때문에 거미줄을 잃은 거미가 거미줄에 매달린 채 나를 노려봤다.

만질 수도 없어 입으로 후후 불어 쫓는데, 거미의 가느다란 다리 사이로 한 남자가 보였다. 우리 집 앞을 지나 걸어오고 있는 그 남자가 한 손이 없다는 걸 아는 순간, 쿵 나무가 쓰러졌다. 아니 나무가 쓰러진 줄 알았는데 그 소리는 내 가슴에서 나는 소리였다. 나는 배나무에서 뛰어내려 달려갔다.

"똘배! 똘배!"

거미줄에 있던 거미가 내 머리에 붙은 줄도 모르고, 나는 길거리에서 똘배의 다리를 안았다. 똘배가 한 손으로 그런 나를 안아 들었다. 반가운데 너무 화가 났다. 너무 화가 나서 눈물이 삐죽 흘러나왔다.

"씨, 그동안 어디 갔었어?"

"작전 성공이네."

"뭐가?"

"네가 날 보고 싶어하게 만들려고 그동안 일부러 숨어 있었거든."

"뭐야, 진짜 씨! 나빠!"

나는 주먹으로 똘배의 가슴을 쳤다.

"진짜 걱정했단 말이야. 죽은 줄 알고."

"왜? 우린 친구도 아닌데?"

"그럼…… 친구하면 다신 안 그럴 거야?"

"응."

"좋아, 그럼 친구 해."

"진짜?"

"대신 앞으로는 말없이 사라지면 안 돼. 춘입처럼 감옥에 갇혀도 안 돼. 약속!"

"그래. 약속."

나는 새끼손가락만 걸지 않고 남아 있는 똘배의 다섯 손가락과 내 열 손가락을 다 걸었다. 똘배가 내 머리에 있던 거미를 집어 풀 위에 놓아주었다. 나는 그동안 있었던 일을 똘배에게 얘기해주고 싶었지만 똘배는 연기됐던 재판 날이 내일이라 지금은 그럴 시간이 없다고 했다.

재판 날, 변호사가 차를 끌고 우리를 데리러 와서 이번에는 버스를 안 타고 갔다. 멀미도 안 했다. 앞자리에 앉아 있는 똘배와 변호사는 누가 훔쳐 듣기라도 하는 것처럼 작게 소곤거렸다.

"아직 이봉수의 행방은 모르지?"

"응. 여기저기 말해놨는데 들려오는 게 없네. 그쪽이랑 연결을 시키려고 검사 쪽에서 공판을 연기한 게 아닌가 좀 찝찝한데, 그 노인을 믿어야겠지? 참, 그 여자한테는 말해

봤어?"

"봉금 누나? 못 만났어. 전에 살던 주소엔 안 살더라고. 근데 좀 이상하더라."

"뭐가?"

"엄청 크고 담장이 높은 집이더라고. 회사원이랑은 어울리지 않는."

"동생이 중정에서 일하니까 누나도 덕 좀 봤겠지."

"난 그 반대의 생각이 들던데."

"응?"

"봉금 누나 덕에 가지마오 아들이 출세한 게 아닌가 뭐 그런. 뭐 어쨌든 오늘 검사 쪽 태도 보면 가지마오가 약속을 지켰는지 아닌지 알겠지."

재판이 시작되고 우리는 방청석에 앉았다. 우리 동네에 왔었던 나이 든 형사도 뒤쪽에 있었다. 고개를 까딱해 인사했는데 형사는 날 알아보지 못했다.

변호사는 춘입 옆에 앉았다. 나는 반가워 춘입을 향해 손을 흔들었다. 춘입이 날 발견하고 놀라 변호사에게 왜 날 데려왔냐고 뭐라 하는 것 같았다. 변호사가 또 뭐라고 하니까 춘입이 고개를 저었다.

검사가 일어나 말을 했다.

"존경하는 재판장님. 피고인 이정혜는 유부녀이자 방직공장 해고 노동자라는 자신의 정체를 숨기고 평화로운 시골 마을의 유지이자 명망가인 피해자의 집에 잠입을 해 순진한 농민들에게 반유신적이고 반정부적인 공산주의 사상을 주입해왔습니다."

검사는 목이 막히는지 흠흠, 목소리를 가다듬고 말을 이었다.

"자신의 뜻대로 농민들이 쟁의를 일으키지 않자 샘 기술자로 위장한 간첩 이봉수까지 끌어들였으며, 피해자인 송영국과 최두엽이 두 사람의 정체를 알게 되자 그들을 독살하는 악행까지 서슴없이 저질러 본 검사는 피고인을 살인과 반공법 위반, 국가보안법 위반으로 기소합니다."

춘입의 옆에 앉아 있는 변호사가 후 한숨을 내쉬며 똘배를 돌아보았다. 옆에 앉아 있는 똘배의 턱이 떨렸다. 그래서 나도 알았다. 가지마오가 약속을 지키지 않았다는 걸. 똘배는 배밭을 공짜로 주는 대신 춘입과 샘 아저씨를 건드리지 말아달라고 요구했었다. 가지마오는 걱정 말라고, 자기 아들이 한마디만 하면 사형받을 죄인도 풀어줄 수 있다고 큰소리쳤는데.

검사가 앉자 판사가 물었다.

"피고인 측은 공소사실을 인정합니까?"

춘입의 옆에 있던 변호사가 일어났다.

"인정하지 않습니다. 먼저 피고인이 피해자들을 살해했다는 검사의 주장부터 반박하겠습니다. 피해자들의 몸속에서 검출된 농약은 배 과수에 사용하는 농약이고 배밭 창고에 있었습니다. 그리고 그곳에서 농약을 가지고 간 사람은 이정혜가 아니고 피해자인 송영국입니다. 그걸 직접 본 증인이 있습니다."

내가 나갈 차례였다. 똘배는 이미 절망한 듯 얼굴을 한 손에 묻고 있었다. 나는 손 없는 똘배의 손목을 꼭 쥐었다. 그러자 똘배가 흠칫해 나를 바라보았다.

나는 재판장이 시키는 대로 앞으로 나가 의자에 앉았다. 처음 상엿집 옆을 지나갈 때처럼 좀 떨렸다. 변호사가 그날 본 것을 말하라고 해서, 나는 미리 준비해 온 강아지풀을 꺼내 들었다. 면장네의 대문 앞에서 그걸 가지고 놀면서 싸우는 소리를 들었고, 기다리다 졸려서 창고에 들어갔고, 거기서 면장 할아버지가 농약병을 가지고 가는 걸 봤노라고 자세하게 얘기했다. 창고 천장에 있던 벌집까지 그대로 그려 보여줄 수 있었지만 판사는 괜찮다고 했다.

내 말이 끝나자 검사가 일어나 내 나이와 이정혜와의

관계를 물었다. 나는 사실대로 친구라고 했다. 그러자 검사는 여덟 살도 안 된 아이가 친하게 지냈던 피고인을 위해 지어낸 말일 수 있으니 신뢰할 수 없다고 했다.

"나는 내 눈으로 본대로만 말해요."

변호사가 일어나 내가 보통 아이들과 다른 특별한 재능을 타고난 아이라고 했다. 판사가 무슨 재능을 말하는 거냐고 해서 나는 이곳에 들어와 지금까지 보았던 것을 그대로 말해주었다.

"저기에 앉아 있을 때 변호사 아저씨랑 춘입이 먼저 왔고, 그다음에 검사가 들어왔고. 하나 둘 셋 넷 다섯 여섯 정도 셌을 때 판사들이 왔어요. 그러니까 변호사와 검사, 춘입이랑 방청석에 있는 사람들이 모두 일어났다 앉았고 가운데 앉아 있는 판사가 안경을 벗었다가 다시 썼어요."

내 말에 별 관심이 없던 검사가 태도를 바꾼 것은 내가 검사가 했던 말을 한 글자도 틀리지 않고 그대로 말할 때였다.

"유부녀이자 방직공장 해고 노동자라는 자신의 정체를 숨기고 평화로운 시골 마을의 유지이자 명망가인 피해자의 집에 잠입을 해 순진한 농민들에게 반유신적이고 반정부적인 공산주의 사상을 주입해왔습니다(흠흠)."

내가 중간에 흠흠거렸던 검사의 흉내까지 내자 조용한

방청석에서 박수가 터져나왔다.

"그런데 왜 우리 동네 사람들이 순진해요? 전혀 아닌데. 나쁜 놈들이에요. 우리 프랑크를 죽게 하고, 프랑크가 사라지던 날엔 동네 사람들이 다 같이 배밭에 모여서 대통령을 욕했어요."

내 말에 검사와 판사, 변호사의 표정까지 얼어붙었다.

"우리 큰집 장군이 모시는 분이 대통령이 돼서 청와대에 들어가면 더 좋을 거라고 했어요. 그럼 우리 동네 사람들은 엄청 잘살게 된다고. 춘입이랑 샘 아저씨는 그런 말 하면 안 된다고 말렸구요. 그런데 왜 춘입이 빨갱이고 샘 아저씨가 간첩이에요?"

방청석에서 옳소 하는 함성과 박수 소리가 터져나왔다. 판사가 조용히 하라고 했지만 사람들은 휘파람을 불어대며 계속 박수를 쳤다. 기자로 보이는 사람들이 나를 향해 카메라를 들이댔다. 판사가 할 수 없이 증인신문을 끝내고 30분 휴정을 한다고 했다.

법정 밖으로 나오자 기자들이 둘러싸는 나를 똘배가 끌어안고 밖으로 나갔다. 변호사가 그 뒤를 따라오며 물었다.

"아까 그 말 네가 시킨 거야?"

"아니에요. 내가 한 거예요."

"와, 애 진짜 간이 어른보다 더 크네. 너 너 때문에 니네 동네 사람들 다 감옥 가면 어쩌려고 그래?"

"감옥 보내려고 그런 건데."

"뭐?"

"나쁜 짓을 했으니까. 그래서 우리 프랑크가 죽었으니까 벌받는 게 맞잖아요! 안 그래 똘배?"

똘배가 날 물끄러미 바라보다 꼭 끌어안았다.

"자랑스럽다, 내 친구 빼그녕."

가시에 찔려 공기가 다 빠져나갔던 빨강 풍선이 다시 부풀어올랐다. 너무 커져 하늘로 날아가지 못하게 나는 가슴을 꼬집었다.

"호호호, 이렇게 코미디가 돼버렸으니 저쪽에서 더 이상 공작은 못 할 거야. 잘했어, 우리 천재 소녀!"

나는 변호사와 하이파이브를 했다.

재판이 다시 시작되고 나는 방청석으로 돌아왔다. 검사가 독사 같은 눈빛으로 나와 똘배를 번갈아 보다가 말했다.

"증인의 말처럼 창고에 있던 농약병을 집으로 가지고 간 사람이 송영국이라 해도, 그렇다고 피해자가 스스로 음독자살을 했다고는 볼 수 없습니다. 만약 그랬다면 피고인은 도주를 할 필요가 없었겠죠? 아닙니까?"

"피고인 답변하세요."

판사의 말에 춘입이 입술만 깨물고 대답하지 못하자 변호사가 대신 말했다.

"송영국과 최두엽은 그전부터 피고인에게 집에서 나가라는 말을 많이 했습니다. 아까 증인이 말했던 그날 아침에도 그런 일이 있었다고 했구요."

"그럼 피고인이 가지고 있던 쌍가락지는 뭐지요? 그 반지는 최두엽의 것이라고 했는데?"

"어머님이 주셨어요."

"아까 저 아이는, 저 증인은 피해자가 피고인에게 몹시 화를 내면서 집에서 나가라고 했다는데, 그런 사람이 선뜻 자기 반지를 주었다는 건 모순적이지 않습니까? 어떻게 생각하세요, 피고인?"

춘입은 고개를 떨구었다. 변호사가 옆에서 귓속말을 했지만 춘입은 고개를 저었다. 그 모습을 바라보는 똘배의 얼굴이 경운기를 타고 보은에 갈 때처럼 쓸쓸해져 나는 다시 손 없는 똘배의 손목을 잡아주었다. 똘배가 그 위에 자신의 왼손을 덮었다. 땀이 나 똘배의 손가락은 축축했다.

"피고인 측 변호사는 피해자들이 피고인을 집에서 내

보내고 스스로 농약을 먹고 자살을 감행했다 주장하지만, 그들이 갑자기 그런 선택을 할 만한 이유를 본 검사는 전혀 발견하지 못했습니다. 이상입니다."

　귀신들이 있는 상엿집에 가는 것보다 무섭지 않다 생각하고 법정에 섰지만, 증인으로 이야기를 하는 것은 다른 데서 하는 것보다 훨씬 긴장이 됐다. 그래서 법원에서 나와 변호사의 차를 타자마자 졸려 뒷자리에 누웠다. 그런데 막상 눕고 보니 잠이 오지 않았다. 잠깐 잠이 든 것 같은데도 습자지처럼 얇아 똘배와 변호사가 하는 얘기가 다 들렸다.

　"반공법이나 국보법은 안 되겠다 싶으니까 검사가 약이 올라 살인으로 더 물고 늘어진 거야."

　"잘될까?"

　"글쎄. 법정에서의 분위기를 생각하면 우리한테 유리하게 결과가 나올 것도 같은데, 진짜 정혜 씨의 마음을 모르겠어."

　"뭐가?"

　"그날 네 부모님이 반지를 주면서 무슨 말을 했는지 그런 걸 밝히라고 했는데 끝까지 안 하더라고."

　"날 떠나고 싶어서 그런 건지도 몰라."

"무슨 말이야?"

"내 옆에 있느니 차라리 감옥에 가고 싶은지도……"

"설마."

"어쨌든 수고했다."

"수고는 내가 했나? 저 꼬마가 했지. 와, 근데 정말 생각할수록 얘 킹왕짱이야. 어디서 이런 애를 찾았니?"

변호사가 날 보고 있는 게 느껴졌다.

"침 흘리지 마. 빼그녕은 내 친구니까."

간질간질, 애써 꾹꾹 공기를 빼 눌러놓은 빨간 풍선이 다시 부풀어오르려고 꿈틀거렸다.

다음 날 꼭두새벽부터 경찰들이 우리 집에 들이닥쳤다. 긴급조치 위반으로 조사를 하겠다면서 그날 밤 배밭에 있었던 사람들을 나보고 죄다 말하라고 했다. 나는 프랑크가 배밭에 나타났던 날 그 자리에 있었던 사람들을 골랐다. 우리 아빠와 엄마도 다 포함해서.

스무 명도 넘는 사람들을 다 지소로 데려가기 위해서 천렵을 갈 때처럼 우리 동네의 경운기가 다 동원됐다. 사람들은 갑자기 이게 웬 날벼락이냐고 황당해하며 경운기에 타지 않고 가지마오네 집에 갔다.

"막걸리 마시면서 한마디 한 거 가지고 잡아가는 게 어
딨어유? 어르신이 아드님한테 전화 좀 한 통 넣어주세요."

그날 배밭에 없었던 가지마오는 나를 향해 바가지를 던
졌다.

"저거 저거 내가 사고 칠 줄 알았다니까. 어떻게 우리
집안에 저런 요망한 게 태어나서……"

"할아버지가 더 나빠요. 약속도 안 지켰으면서."

"뭐?"

"춘임이랑 샘 아저씨 풀어주라고 똘배가 배밭도 공짜
로 줬는데, 그런다고 해놓고 안 했잖아요!"

"에?"

동네 사람들이 내 말에 놀라 웅성거렸다. 그 큰 밭을 공
짜로 줘? 아니 1억이나 주고 샀다고 말하더니 그게 다 거짓
말이었어?

나는 경찰들에게 가지마오도 잡아가라고 말했다.

"저 할아버지가 우리 프랑크를 외양간에서 내보내 죽
게 만들었어요. 샘 아저씨가 프랑크 못 데려가게 하려고 상
엿집에 숨겨놓게 한 사람도 가지마오니까 감옥에 보내야 돼
요!"

"내 저년을."

294

가지마오가 이를 갈면서 전화기로 다가갔다. 별을 단 장군에게 전화를 하겠다면서 지소에서 온 경찰들을 향해 소리쳤다.

"우리 동네 사람들 머리카락 하나도 건드리지 마. 니들 내 말 안 듣고 한 사람이라도 지소에 데려갔다가는 죽는 겨."

별을 단 장군은 전화를 받지 않았다. 경찰들이 가지마오네 집에서 한참을 기다렸지만 통화가 되지 않았다.

"어쩔 수 없네요. 저희도 높은 데서 지시가 내려와 그냥 갈 수 없으니께 우선 지소로 가서 조사하는 시늉이라도 내고 있을게요."

나는 또 증인으로 지소에 불려 갔다. 춘입의 재판을 보러 왔던 나이 든 경찰이 내 말을 듣고 우리 동네 사람들을 긴급조치 9호 위반으로 고발했다고 했다.

"아따, 텔레비전에서만 보던 그 일을 내가 겪을 줄은 몰랐어."

"긴급조치 그게 이런 거였어? 난 그걸로 수백 명이 붙잡혔다고 혀서 엄청 나쁜 일이라도 저지른 놈들인 줄 알았더니."

"그러니께들 사방에서 데모를 하고 난리 아녀."

"쉿! 입조심햐!"

"괜찮어. 우리 다 붙잡어 감옥에 가두면 우리 동네는 텅 비는데 그럼 농사는 누가 짓고 소는 누가 키우나?"

"잡어가는 놈들이 그런 걸 생각해주고 잡어간댜?"

"그라믄 인간도 아니지."

"이 사람이 정말."

"뭐? 내가 틀린 말 혔어?"

작은 지소가 수십 명의 사람들로 터질 듯했다. 그날 밤 배밭에 없었던 사람들까지, 우리 동네 사람들이 아닌 사람들까지 구경을 와 정신없었다. 저녁이 되자 사람들은 배가 고프다고 아우성을 쳤다.

"빨리 구치소에 집어넣고 밥이라도 주든가!"

"여긴 구치소가 작아서 우리 다 들어가도 못혀."

"그럼 어뜩혀?"

"애초에 한 사람씩 데려다 조사를 하든가 했어야지 이게 뭐여?"

"여자들이라도 먼저 보내줘 그럼. 가서 애들이랑 노인네들 밥은 해줘야 할 거 아녀!"

여자들이 먼저 집으로 돌아갔다. 나는 여자지만 중요한

증인이라 자리를 지켜야 한다고 했다.

"가지마오는 왜 연락이 없어? 아들이랑 통화하믄 바로 지소로 전화한다고 하드니."

"가지마오를 믿어? 아까 쟈 은영이 말 못 들었어? 그 큰 배밭을 10원 한 장 안 주고 빼앗은 게 말이 돼야! 완전 날강도지."

"그런 날강도를 잡아넣어야지 왜 우리 같은 사람들을 끌고 와 이라고 있는 겨? 안 그래도 바빠 죽겠는데!"

"맞어!"

사람들의 항의에 지소장은 결국 오늘은 다 집으로 돌아가고, 내일 군에 있는 큰 경찰서로 가서 조사를 받으라고 했다.

아빠는 가지마오 눈에 띄면 불벼락이 떨어질 거라면서 나보고 똘배한테 가 있으라고 했다. 또 사고 쳤다고 혼낼 줄 알았는데 의외였다.

"나도 그때 프랑크를 숨겨놓은 거 때문에 영 마음이 찝찝혔어. 샘 기술자한테도 미안허고 양심에도 걸리고. 그래도 간첩이니께 괜찮다 그리 생각할라고 혔는디. 법대생이 그 사람을 구할라고 배밭까지 공짜로 넘겨줬단 얘기 들으니께 많이 부끄럽네. 법대생은 역시 우리랑은 달러. 훌륭한 사람이여."

똘배의 집에는 변호사가 와 있었다.

"네 곁에 있으니 차라리 춘입이 감옥 가기를 바라는 것 같다고 했던 네 말이 마음에 걸려 춘입한테 했더니 춘입이 너한테 꼭 가서 전해달라더라."

"뭘?"

"오빠 바보라고."

그 말에 똘배의 표정이 밝아졌다.

"그동안 춘입이 재판에 너무 소극적이어서 안 좋은 결과가 나와도 항소하지 말자 할 줄 알았는데 아니야. 그 이유가 뭔 줄 아니?"

똘배는 고개를 저었다.

"아! 나도 너한테 말해주고 싶은데 춘입이 말하지 말고 해서 지금은 말할 수가 없네."

"뭔데?"

"다음에 만날 때 말해줄게. 어쩌면 그때쯤엔 내가 말해주지 않아도 알겠지만."

변호사가 알쏭달쏭한 말을 남기고 가버린 후, 나는 그동안 똘배에게 미처 하지 못했던 얘기들을 들려주었다. 동네 사람들과 천렵을 가서 보았던 두 개의 상자에 대해서는 묻지 않았다. 친구의 아픈 데를 찌르면 안 되니까. 혹시 똘배도 부모님의 뼛가루를 냇물에 뿌리고 물에 따라 들어간 건 아닐까 걱정돼 한참 동안 냇물을 따라 달렸다는 말도 하지 않았다. 내가 자기를 더 좋아한다고 착각하면 안 되니까.

추석 전날 밤, 배밭에서 보았던 불빛에 대해서는 말했다. 배나무를 심는다고 했는데, 한밤중 그랬던 게 수상하다고.

똘배는 그보다 나를 걱정했다. 만약에 지소에 갔던 사람들이 정말 구속이라도 되면 난 동네에서 쫓겨날지도 모른다고.

"쫓겨나면 더 좋지 뭐. 서울 가서 살면 되는데."

똘배는 그런 날 물끄러미 바라보았다.

"빼그녕 너는 서울이 그렇게 좋니?"

"특별시니까."

칠성님께 기도했다 안 들어주길래 포기했다고 여겼는데 아직도 나한테는 특별시에 대한 미련이 남아 있었나보다.

우리는 춘입이 살던 아래채에 나란히 누웠다. 춘입이 없는데도 방에서는 춘입의 냄새가 났다.

"똘배. 춘입이 돌아올까?"

"언젠가는."

"그럼 다시는 가라고 하면서 막 때리지 않을 거야?"

"응."

"나도 우리 프랑크가 살아 있으면 절대 그러지 않을 거야."

"그때 구치소에 면회 갔을 때 왜 춘입이 너한테 미안하다고 했는지 이젠 알 것 같아."

"뭔데?"

"나도 너한테 미안해. 너의 프랑크를 지켜주지 못해서."

울보인 나도 울지 않는데, 똘배의 눈이 그렁그렁해져 나는 매미 소리를 냈다. 맴매맴매매매…… 그래서 꿈속에서 매미가 나왔나?

매미 허물은 무섭게 생겼다. 엄마가 그걸 내 입에 넣으려고 해 나는 밖으로 도망쳤다. 할마를 찾으러 고추밭에 갔는데 할마는 없고 잠자리가 가득했다. 나는 고춧대 위에 앉아 있는 잠자리를 잡으려고 살금살금 다가갔다. 바로 날개 쪽에 손을 대면 안 되고, 잠자리가 날개를 더 아래로 꺾을 때까지 기다려야 한다. 희숙이는 두 마리씩 쌍을 지어 신혼여행을 가는 잠자리들을 잡겠다고 잠자리채를 휘둘렀다. 나는 잠자리가 나를 사람인 줄 모를 때까지 꼼짝 않고 서 있다가 잠자리의 뒤쪽으로 손가락을 가져갔다. 오른쪽 날개가 엄지와 검지의 가운데로 들어올 때까지 기다렸다가 손을 눌렀다. 바스락, 엄마의 나일론 블라우스 같은 잠자리 날개가 내 손가락 사이에 붙었다. 오른쪽 날개를 잃고 왼쪽 날개로만 버둥거리는 잠자리가 똘배 같아 얼른 손을 풀었다. 똘배의 목소리가 들려왔다.

잘 자라 우리 아가, 앞뜰과 뒷동산에……

난 이미 자고 있는데 자장가를 불러주는 똘배가 꿈속에서도 우스웠다. 그래도 좋은 사람이란 생각이 들었다. 똘배랑 헤어지면 엄청 슬플 것 같으니까 특별시엔 가지 말아야지 했는데, 꿈속에서 한 말이라 칠성님한텐 전달이 안 된 모양이다.

아침에 눈을 뜨자마자 세상이 뒤집어져 있었다. 간밤에 대통령이 총에 맞아 죽었다고 했다. 그 때문에 우리 동네 사람들은 군에 있는 큰 경찰서에 가서 조사를 받지 않게 됐다. 그런데도 기뻐하지 않고 슬퍼하는 사람들이 더 많았다. 나쁜 놈이든 좋은 사람이든 죽으면 슬퍼해주는 게 우리 동네 전통이라고 할마가 그랬다. 향자도 울었다. 자기네 할머니가 돌아가셨을 때도 안 울었으면서.

가지마오는 누구보다 더 펑펑 울었다. 대통령 때문이 아니라 별을 단 장군 때문이었다. 대통령에게 총을 쏜 사람이 별을 단 장군을 아껴주던 상사라 별을 단 장군도 감옥에 갇혔다고 했다.

가지마오는 우리 아빠에게 짐을 싸라고 했다. 곧 사람들이 와서 재산을 싹 몰수해 갈 테니 되는 대로 다 팔아 짐을 꾸리라고.

똘배에게 인사할 겨를도 없이 아빠는 나를 차에 태웠다. 나는 친구한테 말도 없이 갈 수는 없다고 고집을 부렸지만 할마가 대신 얘기해준다고 가라고 했다. 할마가 남아서 프랑크도 지켜주겠다고 했다.

"할마는 같이 안 가?"

"난 신선이라 못 잡아가니께 안 가도 돼."

우리는 야반도주를 하듯이 서울로 이사를 갔다. 내가 태어난 지 2811일째, 우리 프랑크가 죽은 지 125일이 되는 날이었다.

에필로그

도시에서 난 빼그녕이 아닌 백은영으로, 평범한 학생이 됐고, 평범한 어른이 됐다. 그사이 아빠는 가끔씩 전화로 들은 고향 소식을 전해주었다.

"법대생이 집에 딸을 데리고 들어왔댜. 전에 면장네가 붙여줬던 새 여자 있잖어. 읍에 살던 그 여자. 그 여자가 법대생의 딸을 낳았나벼."

난 춘입은 어떻게 됐는지 궁금했지만 묻지 않았다. 춘입이란 이름만 꺼내도 간신히 버티고 있는 도시의 삶이 무너질 것 같았다. 서울은 특별하지 않았고, 도시의 사람들은 내 소중한 기억을 거짓말이라고 했다. 시간이 갈수록 나도 내 기억을 믿지 못하게 됐다. 난 기억하기를 멈추었고, 특별한 내 재능은 사라졌다. 그래서 다행이었다. 기억하고 싶은 날보다 기억하고 싶지 않은 날이 더 많았으니까.

친구를 사귀는 데 실패하고, 번번이 취직에도 실패했다. 겨우 직장을 구하고 결혼을 했지만 아이를 낳는 데 실패했다. 불임클리닉에 가야 할 사람은 내가 아닌데, 나의 문제라고 말하는 사람들을 견딜 수가 없어 결혼도 끝냈다. 이곳에서 날 특별하게 생각해주는 사람은 아무도 없었다. 그래서 서울을 떠나기로 했을 때, 그곳이 생각났다. 할마와 프랑크, 춘입과 똘배가 있던 곳.

시간이 지나는 동안 내가 달라졌듯이 그곳도 변했을 거라 미리 체념했는데, 동네 한가운데를 차지하고 하얗게 피어 있는 배꽃은 그대로였다. 자석에 끌려가는 쇠붙이처럼 나는 그곳으로 향했고, 나도 모르게 발걸음을 작게 하고 숫자를 셌다. 입구에서 오십여섯 걸음, 프랑크가 묻힌 곳을 바라보는데 그곳에 작은 십자가가 있었다. 프랑크란 이름과 함께 내가 땅에 묻어주었던 꽃핀이 그 십자가에 붙어 있었다.

"똘배……"

내 말을 듣기라도 한 듯 어디선가 응답이 들렸다.

"빼그녕!"

고개를 돌리는 그 짧은 순간, 나를 부른 남자의 오른손이 없기를 얼마나 간절히 바랐는지 모른다. 그런데 날 향해 달려오고 있는 사람은 두 손이 다 있었고, 여자였다.

"춘입!"

내 친구 춘입이었다.

나는 그녀에게 안긴 채 나무에서 뛰어내리는 똘배를 보았다. 나무 밑에 있던 젊은 여자가 넘어진 똘배를 일으켰다. 손이 없는 그의 오른손이 날 향해 가장 먼저 달려왔다. 똘배가 춘입의 품속에 있는 나를 얼싸안았다.

"내 친구 빼그녕!"

그 말이 마법처럼 40년 전 그때로 나를 데려갔다.

소가 꼬리를 올리면 송아지가 태어난다.

그래서 하루 종일 소의 엉덩이만 보고 있었는데 정말 소꼬리가 올라갔다. 나는 밭에서 일을 하는 아빠에게 알려주기 위해 배밭을 가로지르다 툭 잘린 팔뚝과 하얗고 큰 손가락을 보았다. 놀라 도망치다가 길을 잃고 넘어졌다. 사방 천지가 하얀 배꽃들뿐인데 한 나무에서만 배꽃이 떨어지고 있었다. 배나무 아래 서 있는 춘입이 보였다. 똘배는 그 위에서 나무를 흔들어 배꽃을 떨어뜨리고 있었다. 우수수 꽃비가 춘입의 머리 위로 떨어지자 똘배가 바닥으로 뛰어내려 춘입 앞에 섰다. 두 사람이 서로를 안고 키스를 했다.

천국처럼 낯선, 태어나 처음 보는 사랑에 넋이 빠져 있다가 정신을 차리고 보니, 땅에서 툭 튀어나온 손이 내 다리를 잡고 있었다. 그 손이 날 땅속으로 끌고 갈까봐 울음을 터뜨렸고, 눈앞이 까매졌다.

다시 눈을 떴을 땐 누군가의 품에 안겨 있었다. 배꽃 같은 춘입의 얼굴이 보였다. 똘배가 그 옆에서 내 볼을 만지작거리고 있었다.

"참 귀엽다. 우리 딱 10분만 이 아이의 부모가 돼볼까?"

"어떻게?"

"우선 이 애를 내 등에 좀 업혀줘."

춘입이 날 똘배의 등에 내려놓았다.

똘배는 날 업고 배밭을 걸어 다니며 자장가를 불렀다.

"잘 자라 우리 아가, 앞뜰과 뒷동산에……"

스르륵 다시 잠이 오는데 우리를 바라보는 춘입의 눈이 슬퍼지더니 눈물 한 방울이 툭 떨어졌다. 똘배가 그것도 모르고 신이 나서 춘입에게 갔다.

"우리 애기 아빠가 업어줬으니까 이제 엄마한테 업혀볼까?"

춘입은 날 업는 대신 손이 없는 똘배의 손을 꼭 쥐었다.

늙은 춘입과 똘배의 품에 안겨서야 나는 알았다.

춘입이 왜 그때 창고에서 차멀미를 했는지,

왜 면장네가 그날 아침 춘입에게 화를 내며 떠나라고 했는지,

춘입이 왜 살인죄를 뒤집어쓰고 구치소에 있었는지,

하얀 배꽃 같은 얼굴로 우릴 바라보는 젊은 여자는 읍에 살던 새 여자가 낳은 딸이 아니었다.

나는 그녀를 향해 손을 흔들고 눈을 돌려 그 나무를 찾았다. 샘 아저씨 때문에 새로 심어진 나무는 다른 배나무들과는 달라 금방 눈에 띄었다.

내 새로운 삶은 저 나무와 함께 시작될 거라는 예감이 들었다.

나는 다시 빼그녕이 돼 저 나무 밑에 무엇이 있는지 파헤칠 것이다.

빼그녕

ⓒ 류현재

1판 1쇄 2026년 1월 16일

지은이 ♦ 류현재

펴낸이 ♦ 고우리

펴낸곳 ♦ 마름모

등 록 ♦ 제 2021 - 000044호 (2021년 5월 28일)

전 화 ♦ 070-8028-3973

팩 스 ♦ 02-6488-9874

메 일 ♦ marmmopress@naver.com

블로그 ♦ blog.naver.com/marmmopress

인스타그램 ♦ @marmmo.press

ISBN ♦ 979-11-94285-22-9 (03810)

평행하는 선들은 결국 만난다 ♦ 마름모